ねこまち日々便り（上）

ねこが来た編

柴田よしき

祥伝社文庫

目次

一章　駅長登場

1

「んじゃ、来月から駅長がおらんことになるんかい」

どんぶりに割り箸を突っ込んでいつものようにぐるぐる、汁と麺を混ぜ合わせながら、竹島陽吉が言った。

「なんぼ田舎のどんづまり駅でも、駅長がおらんのはまずいやろう。なんかあった時どうしたらええんや」

「なんかて、なんや」

他に客はいない。カウンターの内側の島崎国夫は、前掛けで手の水気を拭きとってから煙草に火を点けた。

「なんも起こらんやろ、こんなちんこいどんづまり駅では」

「わからんでえ。運賃払わんと逃げるやつとか」

「電車に運転士が乗っとるがな。ワンマンなんやから、運転士が料金受け取るまで客を降ろさんかったらええんや、他の駅みたいに」

「無人駅でもないのにか」

「駅長がおらんようになったら無人駅やがな」

「そやけど売店はあるんやで。売店あるのに、無人駅ゆうのもおかしいやろ」

「別にええやないか。どのみちこんな駅、乗り降りするのは地元のやつらばっかや。しかも定期券持っとるガキどもと、老人パス持っとる年寄りしかおらんやないか。切符買(こ)うて乗る客なんか一日に何人もおらん」

「うーん」

竹島陽吉は、ずずっと麺を大量にすすりこみ、くちゃくちゃ嚙(か)んでごっくんと呑(の)みこんでから頭を振った。

「しかしなあ……終点が無人駅やなんて……もうこの路線もいよいよあかんかなあ」

「あかんやろ」

島崎国夫は、煙草の煙とともに溜(た)め息(いき)を吐き出した。

「国鉄に見放された時にもう終わっとるんや」

「ＪＲやで」

「いっしょや。柴山グループが地元出身の代議士に頼みこまれて嫌々引き受けた超赤字電車、なんぼ柴山グループでも、毎年赤字が増えるんやからいい加減我慢も限界やろ。三セクかて簡単に潰れるんや、こんな田舎私鉄、これまでようもったわ」


　某県某所を走る私鉄、柴山電鉄根古万知線。戦前の簡便鉄道から戦後根古万知炭坑鉄道になり、その後国鉄に吸収されて支線となったのだが、国鉄がＪＲとなった年、地元の一大観光企業であり、路線バスやタクシー会社、リゾートホテルなどを傘下におさめている柴山グループが引き受けて、柴山電鉄として生まれ変わった。ＪＲの某駅から片道約一時間、終着駅の根古万知まで田園風景の中をとことこ走る典型的なローカル電車である。始発駅はＪＲ駅の構内に間借りしており、そこには駅員が数人いるが、あとは終着駅と列車すれ違いの行われる雉田駅を除いては全駅無人。むろん単線である。沿線に中学が二校、高校が一校あるので、朝夕は生徒たちがそこそこ利用しているが、他の時間帯は乗客が一人も乗っていないことも特に珍しくはない。当然赤字線であり、経営側としてはバスへの全面転換、路線廃止のタイミングをはかっている、というのが現状だ。

そんな根古万知線の終着駅根古万知のたった一人の駅員であり、駅長であった斉藤茂太が定年退職するのは今月末。半年ほど前、後任の駅長に、現雉田駅副駅長の中山恒男が内定し、今月二十日には正式任命されるはずだった。だが中山恒男が先日心筋梗塞で倒れてしまい、まだ新駅長の人選ができずにいる、という話題である。

「しかし柴山電鉄も人材がおらんのう。雉田駅に副駅長なんかいらんやないか、あっちの副駅長に決まった丸山さんをこっちにまわして駅長にしたらええんや」

「雉田駅には車庫がある。どっちの駅が重要かゆうたら、雉田のほうが重要や。根古万知はただ終着駅やゆうだけで、来た電車がそのまま折り返すんやからチカちゃん一人でなんとかなる」

チカちゃん、とちゃんづけで呼ばれてはいるが、田村千加は今年満で五十九歳、そして竹島陽吉も島崎国夫も五十九歳。つまり三人は幼なじみで、共にこの小さな田舎町に生まれ、育った。田村千加は柴山電鉄の契約社員で、根古万知駅に設置されている売店をまかされている。売店には他にもうひとり、パートタイム勤務の塚田恵子が雇われていて、売店業務の他にも駅の掃除だの、到着した電車車内で見つかった忘れ物の保管だのと雑多な仕事を二人だけでこなしている。田村千加の夫、田村信也は、柴山電鉄と同グループ会社である柴山交通に勤務する、路線バスの運転手である。

「もういっそ、チカを駅長にしたらええんや」

竹島陽吉は汁をずずっとすすり、煮豚を箸でつまんでちょっと眺めてから、ぱくりと口に入れた。

陽吉が食べているのは、ここ『福々軒（ふくふくけん）』の数少ないメニューのひとつ、ラーメン（並）。他にメニューにあるのは、ラーメン（大）、チャーシュー麺（並）、チャーシュー麺（大）、ライス（半）、ライス（並）、ライス（大）、生卵、ビール、ウーロン茶のみ。餃子（ぎょうざ）もなければチャーハンもない。かと言って、福々軒店主島崎国夫が、こだわりの頑固一徹（がんこいってつ）ラーメン職人である、というわけでもない。単に他のものは作れないから売らない、というだけである。そして、だいたい一日平均五、六人程度の客は例外なく常連であるので、メニューが少ないことに対してクレームが来る心配はない。常連客たちはラーメンの大小、煮豚のあるなし、それに生卵をどう使うかで、それぞれ勝手にバリエーションを楽しんでいる（のかもしれない）。生卵はラーメンに落として具として楽しむ以外にも、御飯にのせて卵かけ御飯、汁が熱いうちにガーッとかき混ぜて卵とじラーメン、などとけっこう使い道のある便利なメニューなのである。

そしてカウンターの内側で、呑気（のんき）に煙草をふかしつつ柴山電鉄の行く末に絶望的な意見を吐いている島崎国夫が、福々軒の全メニューを一人で調理している店主である。と言っても福々軒にはカウンターがあるのみ、そのカウンターの長いほうに六脚、短いほうに二脚しか椅子が置かれていないので、仮に満席になったとしても客は八人が最大数。そしていまだかつて福々軒が満席になったという事実は、開店当初を除けば店主の島崎国夫自身にすら記憶にないので、一人で切り盛りするのに特別不都合はなかった。

「ま、柴山電鉄がおしまいの時は、いよいよこの駅前商店街もおしまいだな」

竹島陽吉は、ごっそさん、と言って割り箸を横にし、手を合わせた。

「駅がなくなっちまったら、駅前でもなんでもなくなるしな」

島崎国夫は力なくうなずいた。

「覚悟はしとる。グレープフルーツを八百屋で初めて見た時に、いつかはこんな日が来るやろと思っとった」

根古万知駅はその昔、終着駅ではなかった。旧国鉄の一路線だった時代には、数十キロ離れた太良山にあった炭坑町まで鉄道が走っていた。戦前の日本中の炭坑がそうであったように、石炭が国のエネルギーのほぼすべてを担っていた時代には、太良山炭坑とそこに働く人々の町はおおいに栄えていた。根古万知もその恩恵にあずかった町であり、当時は炭坑夫たちが女遊びのできる店がぎっしりと駅前に軒を連ねていて、とてもきらびやかなところだったという。が、戦後、日本のエネルギーは石炭依存から石油依存へと転換した。各地の炭坑は次々と廃坑になり、炭坑夫とその家族たちは散り散りになって去って行った。それと同時に、炭坑夫の金をあてこんでいた各地の花街も息絶えた。

　戦死した島崎国夫の祖父も炭坑夫で、その息子の父親も戦後とりあえず炭坑夫になった。が、まだ二十歳をようやく過ぎたばかりの頃に、国夫の父は一度都会に出たらしい。そこでいろいろあって結局故郷に戻ったのだが、その時に嫁と赤ん坊を連れていた。その赤ん坊が国夫である。都会で貯めた本当にわずかな金で国夫の両親は、根古万知駅前商店街の一角に店を出した。福々軒の前身の『福々食堂』がそれである。国夫が憶えている限り、福々食堂には五種類のメニューしかなかった。うどん、親子丼、とんかつライス、ラーメン、それに国夫の母親の自慢料理だった、稲荷寿司。もしかしたら他にもこまごまとした料理が出されていたのかもしれないが、国夫の記憶にはまったく残っていない。それでも店はまあまあ繁盛していたのだ。やがて炭坑が閉鎖されたが、新たな産業として地元産の甘夏みかんが脚光を浴びていた。ねこまち甘夏、と命名された特産の甘夏は、糖度が高くて酸味がほどよく、皮がやわらかくて剝きやすい、という優れた特徴があった。ねこまち甘夏の出荷量が増えるに従って、炭坑がなくなって衰退していた地元も活気を取り戻し、根古万知駅前商店街にも客が戻って来た。が、そんな好景気が訪れる少し前、一九七一年にグレープフルーツの輸入が自由化されていた。それから数年後、オイルショックを経て立ち直った日本経済には、輸入自由化された世界各地の産物がどっと流れこんでいた。グレープフルーツに代表される海外産柑橘類が、じわじわと国産柑橘類の市場を圧迫し始めた。日本各地の柑橘類農家はそうした市場侵略に対して、より消費者のニーズに合った作物の開発、より安価な提供を可能にする合理化を進め、ねこまち甘夏はその流れに乗り遅れた。

それでも、福々食堂は頑張ったほうである。

国夫の父親が死に、一時故郷を離れていた国夫がこの町に戻って店を任されるようになると、国夫は全国を席捲していたラーメンブームに目をつけて、福々食堂をラーメン店へと改装した。すでに半分引退状態だった母親は文句を言わず、地元の出身ではなく国夫に従ってこの町にやって来た国夫の妻も、賛成した。この方針転換は最初は当たった。ラーメン専門店、などというものは当時まだ地元ではとても珍しくて、国道沿いに有名チェーン店が一店あるのみだったのだ。それにもともと、福々食堂でもいちばん売れていたメニューがラーメンだった。商店街の人々がかわるがわる食べに来てくれて、さすがにその当時は満席の日も多かったらしい。が、開店から数ヶ月で昼時以外は客の姿もまばらになってしまった。それでも家賃を払う必要のない気楽な商売で、他に自分たちが食べる分程度の野菜を作っていた小さな農地も持っていたこともあって、新装開店からすでに三十年、福々軒は細々と営業を続け、国夫は毎日ラーメンを作り続けている。餃子を出したほうがいいとか、味噌とか塩のラーメンも置けとか、常連たちは好き勝手な提案をぶつぶつと出し続けているが、国夫はそうした提案を受け入れる気がまったくない。かと言って、ラーメン一筋に人生を賭けて味を探求している、というようなこともぜんぜんない。国夫の作るラーメンは、福々食堂時代に出していた何の変哲もない醤油ラーメンから、基本的に何ら進歩はしていない。

これが美味いか不味いかは、ほとんど食べる側の好みの問題だろう。シンプルでいじくりまわしていない分好感が持てる味、と言えば言えるし、何の工夫もない平凡なラーメン、と評すればまさにその通りだ。ただひとつだけ言えることは、福々軒のラーメンは、地元以外のところから客が押しかけるほど絶品ではないけれど、地元の商店街に残っている数少ない常連客らが見捨てるほどには不味くない、ということだけだ。

そして、国夫には、それで充分である。もとよりラーメン道を究めたいとも思っていないし、自分が食べていかれる分の収入があればそれでいいと達観している。

この駅前商店街も、常時店を開けているのは、福々軒含めてわずか八軒だけになってしまった。最盛期、駅前の広場から二百メートルほど続くアーケードの両側に合わせて四十ほどの店が並び、そこそこ繁盛していたことを思うと、現在の状況はもはや末期的と言ってもいい。閉まったシャッターばかりが陰鬱に連なり、地元の馬鹿ガキがそのシャッターに落書きした幼稚なデザイン文字も、すでに薄汚れている。ほとんどの店が住居兼用建築なので、商売はやめてしまったけれどまだ建物の中に住んでいる、という家もあるのだが、多くの建物は空家となり、ただ朽ちるのを待っているだけの有り様である。今、カウンターに座っている竹島陽吉も、数少ない商店街の生き残りとして『文房具の店　たけじま』を経営しているのだが、この店は地元の小学校、中学校に教科書やドリル帳、学校で使う文具などを卸すのが主たる商売で、申し訳程度の店先に並べられているのは、ほこりをかぶった安売りのノート類ばかり。当然ながら、店にやって来て何か購入して行く客は一日平均して三人もいない。しかも卸しの仕事は陽吉の息子、陽平が、妻と共にきちんとやってくれているので、陽吉自身は楽隠居しているのとほぼ同じ状態であった。

他にこの商店街の生き残りと言えば、祖父の代から炭坑夫相手の理髪店をやっていた『バーバーかとう』の店主、加藤壮二。地元に唯一ある総合病院の売店に出店していて、そちらのほうが本店の数倍売り上げるという花屋『ねこまちフラワー』の柳井幸太郎。商店街で唯一、他の店舗の倍、四間の間口を持つ『スーパー澤井』の経営者、澤井晋太。スーパーと言ってもともとは酒屋なので、酒類の販売スペースが店の1／3以上を占めていて、残りのスペースに日用雑貨と食品が一通り並んでいる状態だ。地元の住民の大部分は車で三十分程度走った国道沿いにある巨大ショッピングセンターで日々の必要品を買ってしまうので、『スーパー澤井』で買い物をするのはこの商店街の住人だけである。そしてこの五人はみな同じ小学校、中学校を卒業した幼なじみだ。残りの三店舗に関してもだいたい似たりよったり、洋品店が一軒、寝具店が一軒、それに喫茶店が一軒、いずれも昭和のある時期で時が停まってしまったかのようなレトロな店構（みせがま）えで、経営者も国夫と同世代かそれより上、後継者なし、という状況である。

「まあ、あんたはいいや。息子が立派に跡継ぎになってくれたしな」

　陽吉が食べ終わったどんぶりを、カウンターから手を伸ばしてひきあげ、代わりに熱いほうじ茶を一杯、いれてやりながら国夫が言うと、陽吉は寂（さび）しそうに首を振った。

「いや、あいつは店はやらんよ」

「なんでや。文具卸しの仕事はちゃんとやってくれてるんやろ」

「今はそっちより、ＯＡ機器のほうが主体なんや。上沢（かみさわ）の工場団地になんとか食いこめそうやて、必死やわ。そりゃ文房具なんかより単価がでかいしなあ。けど上沢まで車で一時間以上かかるやろ、そやから取引が本格的になったら、Ｎ市のどっかに事務所持って、住まいもマンション借りて移るゆうてるわ」

「陽平くん、引っ越しか」

「まあな……もともと陽平の嫁は別居したがってるし、孫の学校のこともある」

「お孫さん、まだ幼稚園やろ」

「来年小学校や。N市にある私立に入れたがっとるんや、陽平の嫁が」

「星南(せいなん)学園か。あそこは学費がごっついで」

「うん」

陽吉は溜(た)め息(いき)をひとつ、ついた。

「孫の学費くらい出してやりたいが、俺にも貯金なんかないしなあ。しゃあないから、家売ってええて息子には言うた。土地は二束三文やが、面積だけはそこそこある。その金で事務所とマンション借りて、学費も出るやろ、なんとか」

陽吉は商店街の店舗には住んでいない。もともとが農家の出なので、実家だった農家を改造して二世帯住宅にし、そこで暮らしている。陽吉の妻は一昨年病死した。陽吉が言う通り地元の土地価格はたいして高くはないが、息子夫婦の希望に合わせていろいろと現代的にデザインされたまだ新しい二世帯住宅には、そこそこの買値はつくだろう。

「それやったら、あんたもここに戻るわけか」

「それしかないしな。まあどうせ独り身や、商店街で暮らしたほうが便利やし落ち着く。あ、ごっそさんでした。これね、ここおくから」

陽吉はたちあがり、きっちり五百円、ラーメン代をカウンターにのせると店を出て行った。

カウンターを拭きながら国夫も溜め息をつく。陽吉が店の二階に越して来てくれるのは嬉しいが、必死に働いて息子を育てても、結局は息子の嫁に何もかもとられてしまうんだな、と考えるとむなしさをおぼえる。それでもまだ、長男が地元に残ってくれただけ陽吉は幸せなのだろう。陽吉には三人も息子がいたが、次男、三男はそれぞれ都会に出てしまって、正月にもほとんど戻って来ない。

「お父さん、いる？」

がらりとガラス戸を開けて、愛美が現れた。島崎愛美、国夫の一人娘である。

「いるに決まっとる。店ほっぽってどこにも行くかい」

愛美は笑いながら入って来て、カウンター越しにタッパー容器を差し出した。

「これ、ランチの残り。これで昼御飯食べて」

「なんやこれ」

「海老コロッケとハンバーグと、赤いスパゲティ」

国夫は顔をしかめた。コロッケだのハンバーグだのスパゲティだのは、子供の食い物だと思っている。だが時計を見るとすでに午後三時、腹は減っていた。面倒なので飯をラーメンのどんぶりによそい、その上に愛美が持って来たものをすべてのせてかっこむ。

「わあ、なにその食べ方」

「あとで洗いもんが増えんでええやろ」

「こっち、野菜も食べてね」

小さいタッパーの蓋を開けると、キャベツの千切りとトマトが入っていた。

「これっぽっち野菜食ってもなんも変わらんやろ」

「そんなことない。一食でいろんな栄養素を食べるのが大事なんだよ。毎日三十品目食べないと健康になれないんだから」

「毎日三十もおかず食ってられるか」

「そうじゃなくて、食品の数が三十。ほらそれだって、パン粉、揚げ油、ホワイトソースに使われてるバター、小麦粉、牛乳。それに小海老でしょ、合い挽き肉、つなぎのタマネギ、卵」

「そんな面倒なこといちいち気にしてられるかい。だいたいおまえんとこ、ランチに客なんか来るんか。毎日こんなランチメニューなんか用意したって、材料が無駄になるだけとちゃうんか」

「ちゃんとはける分だけ用意してるから大丈夫。それにけっこう来てくれるのよ、ランチタイムには。今日のランチタイムはお客さん七組十人、ランチは八食売れました。あとの二人はナポリタンと海老ピラフのご注文でしたー。ね、この商店街で三時間に十人、たいしたもんじゃない？　はー、お腹すいた。チャーシュー麺とライスと卵くださーい」

「自分とこの賄いで飯食うて来たらええやないか。飯付きで雇われてるんやろが」

「だって材料があんまり残ってないんだもの。それにカレーはちょっと飽きちゃった」

「金は貰うで」

「わかってます。でもランチ持って来てあげたんだから、御飯と卵はサービスしてよ」

カウンターに出した御飯の上で生卵を割り、醬油をたらして箸でかき混ぜ、愛美はうまそうに卵かけ御飯を口に入れた。

愛美は国夫の一人娘である。ついつい可愛がり過ぎ、甘やかして育てた割には、愛美は素直に育った。学校の成績も悪くはなく、N市の高校から地元の国立大学に進学し、卒業してN市の会社に就職した。親としては、そのまま地元で暮らし、地元の男性と結婚していつでも行き来できるところに住んでほしい、と思っていたのだが、愛美の勤めていた会社が大手メーカーに吸収合併され、愛美は東京のメーカー本社に転勤になってしまった。まさか一人娘が東京に出てしまうとは想像もしていなかったので、国夫も妻も反対し、退社して地元で仕事を探してと懇願した。が、愛美は東京に出て行った。そして東京で恋をし、結婚した。

結婚生活で何があったのか、国夫は詳しく知らない。妻は娘の相談にのったこともあったのだろうが、その妻も何も言わずに死んでしまった。結婚して三年足らずで別れて故郷に戻って来て、すっかり無口になってしまった娘に対して、いったいどう接したらいいのか。国夫はもどかしさと気まずさを抱えたまま、日々を過ごすしかなかった。

その愛美も、昨年から商店街にたったひとつある喫茶店『風花』で働くようになり、昔のような明るさを取り戻している。喫茶店を経営していた吉沢夫婦が引退して老人ホームに入ってしまい、甥っ子である藤谷信平が店を引き継いだのだが、信平は独り者で店を手伝ってくれる人間を探していた。と言ってもしょせんは駅前商店街の喫茶店、一日のうちで店員が二人必要になるのはランチタイムの三時間だけである。商店街を抜けたところに工務店が一軒と農協があり、そこに働く人たちが、たまには商店街まで足を延ばしてランチをとってくれるのだ。

しかし『風花』には十人も客が入ったのに、うちの店には陽吉を入れても四人しか来なかった。国夫は少し不機嫌になりながら、煮豚をどんぶりにのせた。

「おまえ、聞いてるか」

「何を?」

「駅長のことや」

「駅長のことって?」

「根古万知に来月から駅長がおらんようになるかもしれんのや」

「えーっ、だって終点じゃない。無人にするわけにはいかないでしょう」

「そう思うんやけどな、柴山電鉄も人材がおらんのやて」

「そうなんだ……でもなあ、ちょっと前は鉄道マニアとかに人気あった駅なのにね」

根古万知は、ねこまんち、と読むのが正しいのだが、読みにくいので地元の人たちも「ねこまち」と呼ぶ。その呼び方がインターネットを通じて広まった時に、鉄道好きな人たちの間で「猫町訪問ツアー」というのが流行った。ねこまち、は猫町。猫の町。やがて噂は、鉄道にはそんなに興味はないけれど猫が好き、という人々の間にも広まり、週末になると柴山電鉄の乗車率がはねあがる、という珍現象が起きた。それに柴山電鉄が便乗して根古万知駅の売店でグッズも売り出された。近隣の高校で美術を教えている先生につくって貰った猫のキャラクター絵を雑貨にプリントして売る、というちゃっかりした商売に手を出したのだが、ブームはわずか二、三年で去ってしまった。いくらキャラクターグッズを売り出したところで、肝心の終着駅に「猫の町」など存在しないのだからそれも仕方がない。訪れた観光客はみんな不満そうに、さびれた商店街を往復して帰って行った。もし地元にもう少し予算のゆとりがあり、柴山グループが柴山電鉄に金を出してやろうという気概があったなら、商店街にそれらしい猫グッズの店やこじゃれた食事どころなどオープンさせて、ブームの延命をはかったことだろう。そんなごまかしでどこまでブームが延命できたかはわからないが、駅長の人材に困るような情けない事態はもう少し先送りにできたかもしれない。

「あーあ、ほんとにどうにかならないのかしら、商店街。あんなにシャッターばっかりじゃ、昼間でも薄暗くて買い物する気なくなっちゃう」

「どうにもならんよ」

国夫は首を横に振った。

「時代に負けたんや、根古万知駅前商店街は、な」

2

　チャーシュー麺を食べ終えて『風花』に戻ると、愛美はまず洗面所で歯を磨いた。父の作るラーメンはあっさり系で特に匂いが気になるわけではなかったが、昔から父のラーメンを食べたあとは即座に歯磨きをする習慣だ。まだ小学生だった頃、休日の午後に父のラーメンを食べてから友達の家に遊びに行って、ニンニクくさーい、とからかわれたことがあった。その時、父は娘へのサービスのつもりでラーメンの上にニンニクのフライをぱらぱらとふりかけたらしい。父はニンニクのフライが好物で、店の常連のためにトッピングとして用意している。

　化粧を直して店に出ると、マスターの藤谷信平がカウンターの内側で舟を漕いでいた。今日も、ランチタイムが終わると閑古鳥が鳴いた。ひどい時には閉店時刻まで一人の客も来ないことがある。叔母から居抜きの格安で譲って貰った店とは言え、ランチタイム以外はまったく客が来ない今の状況が続けば、赤字が積もって店を閉めざるを得なくなるだろう。愛美自身、自分の時給分は客が来てくれないと、働いていても居心地が悪い。

ドアが開いて、赤外線センサーに反応してチャイムが鳴った。

「あのう」

「どうしたの、サッちゃん」

顔を覗かせたのは田中佐智子だった。佐智子の両親は離婚して、父親はN市で居酒屋を経営し、母親は故郷の奈良県へ帰ってしまった。だが佐智子は祖父母と一緒にこの町に残った。この町にひとつだけある保育園で保育士として働くことが大好きなので引っ越したくない、と言って。

「信平おじさん、猫、好き？」

佐智子は信平とも遠縁になるらしい。この町には親戚同士がとても多く、なんだかんだとあちこちで血が繋がっている。

「猫？　好きだけど、でもどうした」

「うち、だめなのよ。ほら、おばあちゃんがひどい猫アレルギーで」

「それは知ってるけど、だからサッちゃんとこ、猫なんかいないだろ」

「それがね、いるの、今」

「いるの、って、いったい」

「拾って来ちゃったの」

「サッちゃんが」

「ううん」

佐智子は首を横に振った。

「おじいちゃん」

「欣三さんが？　なんでまた、猫なんか」

「捨てて来てっておばあちゃんが言ったら喧嘩になっちゃって」

「でも無理だろう、猫アレルギーなんだから」

「そうなんだけど、おじいちゃん、どうしてもこの猫は捨てられないって頑張るのよ。命の恩人、あ、恩猫なんだって」

「命の……恩……猫？」


にゃあ。


ドアから半身をすべりこませた佐智子の腕の中で、灰色の猫が鳴いた。

緑色の大きな目をした、やけにヒゲの長い猫である。

3

「わ、かわいい」

愛美は思わず歓声をあげた。灰色の猫は、なかなかの器量良しだった。

「島崎さん、猫好きですか」

「ええ、大好き。だっこしてもいい？」

「大丈夫です。この子、すごく人懐こいから」

愛美は佐智子の手から猫を受け取り、抱いてみた。ふかふかと柔らかな毛の感触に思わずうっとりする。

「サッちゃん、その猫どうするの」

「どうしよう、困ってるんです。信平おじさん、猫飼えないですか？」

「いや、しかし猫はちょっとまずいな。いちおうここ、食い物屋だからなあ」

「二階で飼えば」

「二階に閉じこめたんじゃ狭過ぎるよ。四畳半と六畳、二間しかないんだぜ。店を開けてる間は俺はここにいないといけないし。遊び相手もいないのに狭い部屋にずっと閉じこめられてたんじゃ、こいつも可哀想(かわいそう)だろう」

　佐智子はすがるような目で愛美を見た。

「島崎さんのところではだめですか。貰い手がみつからないと、おじいちゃんとおばあちゃん、ずっと喧嘩しっぱなしになっちゃう」

「猫アレルギーじゃ、無理だよな」

「でもおじいちゃんは、猫を捨てるくらいだったらおばあちゃんに里に帰れって」

　信平は頭をかいた。

「無茶言うなあ、欣三さん」

「わたしは飼ってもいいんだけど、一人暮らしだし。でも、昼間はここで働いているでしょ、アパートは二部屋しかないのよ、この二階よりまだ狭いわ。毎日四時間も、ひとりぼっちであの部屋に閉じこめちゃうの、やっぱり可哀想かな」

　愛美は猫の顔を見た。愛くるしい緑色の瞳(ひとみ)が、無邪気(むじゃき)に愛美を見上げている。

「わたしがここで働いている間、預(あず)かってくれる人がいればいいんだけど」

「何時から何時までですか、ここの仕事」

「十一時から三時」

「そのくらいの時間なら、二階においといてもいいけどね」

信平が言うと、佐智子は顔を輝かせた。

「ほんとですか！　嬉しい」

「あ、でも、大家さんに訊いてみないと。だめって言われちゃったらごめんなさい」

「愛美ちゃんが借りてるのって、みどりハイツだよね、駅の向こうの。あそこって塚田さんが大家じゃない？　駅の売店で働いてる」

「あ、はい。大家さんの名前は塚田聡一さんですけど」

「売店にいる恵子さんの舅だ。塚田さんとこは昔から駅周辺の土地持ちで、アパートも四つくらい経営してるんだよな。あのさ、恵子さんに相談してみたら」

「え？」

「恵子さん、確か、猫好きだよ。ちょっと前、根古万知駅が猫の町の駅だ、ってネットで話題になって、猫好きとか鉄道好きが来ていた時があったでしょ、あの時確か、恵子さん、自分ちで飼ってる猫の写真をいっぱい駅に貼ってたから。塚田さんとこには五、六匹いるよ、たぶん」

「それじゃ、この子も飼ってくれるかもしれませんね」

「うん、少なくとも貰い手ぐらい探してくれると思うよ。サッちゃん、塚田恵子さん知ってるでしょ、駅の売店の」

「顔はわかるけど……島崎さん、一緒に来てくれませんか。お願いします」

「恵子さん、五時まででしょ、売店。いいよ、行っておいで。どうせもう客は夜まで来ないよ」

信平が笑い、カウンターの中から小さな段ボール箱を取り出した。

「これに入れてけば。軽く蓋して。じゃないと、商店街で逃げられたら困るでしょ」

「ありがとう、信平おじさん。じゃ、島崎さん、よろしくお願いします」

駅までの五分ほど、愛美は歩きながら軽く閉じられた蓋の隙間から覗いてみたけれど、箱の中の猫は特に不満そうでもなかった。おとなしい性格なのだろう、鳴き声もたてずに丸くなっている。

「こんにちは」

根古万知駅の売店は、ホーム側からでもキオスクのように買い物ができるが、改札を出た駅構内に店そのものがある。つまり切符を買わなくても買い物が可能だ。塚田恵子は届いたばかりらしい菓子の袋を棚に並べていた。

「あら、サッちゃん。あらら、それに島崎さん。どうしたの、二人、知り合いやったの」

「信平おじさんのとこで。あの、塚田さん、お願いがあるんです」

佐智子はいきなり、愛美が抱いたままの箱の蓋を開けた。

にゃあ。

タイミングよく猫が鳴く。

「ま、猫！」

猫好きな人の反応は素早い。佐智子が次の言葉を口にするよりも前に、恵子は箱の中に腕を突っ込んで猫を抱き上げていた。

「まあ、可愛い！　この子、どこの子？　サッちゃんの？」

「いえ、うちは」

「あ、そうよね。サッちゃんのおばあちゃん、猫アレルギーね。前に公民館で盆踊りの練習した時ごいっしょしたけど、わたしの服についてた猫の毛ですごいクシャミ連発してた」

「あの、おじいちゃんが拾って来ちゃったんです」

「拾った？　どこで」

「よくわかりません。詳しいことが聞ける状態じゃなくなっちゃって。今、おじいちゃんとおばあちゃん、喧嘩してて。この猫のことが原因で。おじいちゃんがこの子飼うって言い張って、おばあちゃんは猫なんか家においたらアレルギーで死ぬって言って、捨てて来てって言ったもんだから、猫を捨てるくらいならおまえが里に帰れっておじいちゃんが。それでもう、おばあちゃんが物とか投げちゃって大変なことに」

恵子は噴き出し、笑いながら猫の顎の下を指でかいた。猫は目を細め、ごろごろ、と小さな音をたてている。

「なんだろうねえ、欣三さん、そんな無茶なことを。それは無理よね、アレルギーって軽くみてるとほんとに死ぬことあるらしいじゃないの。でも欣三さんがそんなに猫好きだなんて、今の今まで知らなかった」

「これまでそんなこと言ったことないんです。嫌いじゃなかったとは思うけど」

「あらま、なんだろう、突然？」

「この猫は特別みたいなんです。命の恩人なんだって」

「命の？　まあ大げさ」

「どういうことなのか説明してくれる前におばあちゃんと大喧嘩になっちゃったんで、とにかく、大切にしてくれる人を見つけて飼って貰うから、って猫連れて出て来ちゃったんです」

「じゃ、この子の貰い手を探してるってこと」

「はい。塚田さん、信平おじさんが塚田さんは猫好きだから、相談にのってくれるんじゃゃないかって」

　恵子は抱いていた猫にちょっと頬ずりしてから溜め息をついた。

「そうねえ……確かに猫は大好きなんだけど……新しい子はねえ、しかもこの子、もう大人でしょう。実はね、うちにいる猫の中に十二歳になるメスがいてね、銀子って名前なんだけど。そのお銀ちゃんがちょっと気難しいというか、気が強いのよ。今一緒に暮らしてる猫は他に三匹なんだけど、そのうち二匹はお銀ちゃんの息子で、あと一匹はお銀ちゃんと一緒に拾われた子なの。だから大丈夫なんだけど、あとから来た子とはいつも折り合いが悪くて、お銀ちゃんが虐めるの。特に女の子がだめでねえ……ほらこの子、女の子でしょう。時々、近所の人が猫拾っちゃって、なんとかしてって持って来るんだけど、二週間様子見てもだめで、結局よそに貰い手見つけてあげることになるのよねえ。お銀ちゃんが生きてる間は、もう新しい猫を増やすのは無理だと思うわ。無理にうちにおいてもお銀ちゃんに虐められて可哀想だし……まあ、貰い手を探すお手伝いくらいはできると思うけど。ただねえ、時期が悪いの」

「時期？」

「猫ってだいたい年に二回くらい出産の季節があるんだけど、四月、五月もその時期でね、四月や五月生まれの子って割と多いのよ。だから今ごろは生後二ヶ月から三ヶ月に入るくらいで、いちばん可愛い盛り。もう離乳も済んでキャットフードも食べられるし、トイレもおぼえられる頃よ。可愛いし育てる手間もそんなかからなくなってるから、自分ちの猫が子供産んで貰い手探してる人は、この頃に猫を養子に出す率が高いわけ。で、この時期、わたしんとこにもそういう話がいくつも来るのよ。貰い手いないかしら、紹介して、って。そりゃ新しい猫を貰うなら、いちばん可愛い仔猫のうちに貰いたいものねえ、この子みたいに大人になっちゃった猫が欲しいっていう人は、よっぽどの猫好きしかいないのよ。仔猫があまりいない時期だったら、猫が欲しいっていう人になんとか引き取って貰うこともできるかもしれないんだけど、今だとねえ、町民だよりのお便(たよ)りコーナーなんかにも仔猫の写真がいっぱいよ。わざわざ大人の猫を引き取ってくれる人、なかなかいないんじゃないかしらね」

　佐智子はがっかりした顔になり、すがるような目で愛美を見た。愛美は小さくうなずいて言った。

「あの、塚田さん。みどりハイツの賃貸(ちんたい)契約には、ペットのこと何も書いてありませんでしたよね」

「あら、そうなの？　ごめんなさい、賃貸のほうはお義父(とう)さんがやってるから。でも書いてないかもしれないわね、お義父さん、ハイツも借家も、全部同じ契約書しか作ってないって言ってたから。借家のほうは、このあたりの田舎で犬や猫が飼えないとか言うと誰も借りてくれないでしょ。それでなくてもねえ、新しい住人が越して来ることなんて滅多にないから、一度空家になったら借り手がみつかるまで何年も空家のままになっちゃうし。ハイツも、もう十年以上住んでる人ばかりでしょう。島崎さんみたいな若い人に入って貰って、ほんと助かるってお義父さん言ってたわ」

「なんだかつけこむみたいで申し訳ないんですけれど……あの、わたしの部屋でこの子を飼うこと、できないでしょうか。契約書に書いてないからって、アパートの部屋でペットを飼うのはよくないのは、わかっているんですけど……昼間は喫茶店のほうの仕事があるので、連れて出ます。決して部屋に閉じこめておきっぱなしにはしません。マスターが、わたしの仕事中は二階においてもいいって言ってくれているんです。できるだけご迷惑をかけないよう、努力します。幸い、この猫、あまり鳴かないみたいでおとなしいですし……」

　恵子は驚いた顔で愛美を見ていたが、やがて、そうね、と呟いた。

「……別に構わないと思うわ。みどりハイツも空室が半分もあって、埋まってる部屋はみんなお年寄りばかりでしょう。それもお義父さんの友達とか知り合いの。島崎さんの部屋、確か二階よね？　二階は南の端が島崎さんで、反対側の端の、三間ある大きいとこが近藤さんご夫婦じゃなかった？」

「はい」

「近藤さんご夫婦は動物好きよ。ほら年に一度、農協の甘夏祭りの時に猫や犬の里親探しもするじゃない、あれのお手伝いして貰ったこと、何度もあるもの。それに近藤さんと島崎さんの部屋の間は、二間続きの部屋が二つ空いてるし。猫が少々鳴いたくらいで騒音にはならないわ。部屋から脱走しないようにしてくれれば、下の階の人たちに文句言われることもないでしょうしね」

「本当ですか。でも、他の部屋の皆さんが」

「まあ中には、島崎さんに許可したんならうちも飼いたい、とか言い出す人もいるでしょうけど、それならそれで構わないと思うわ。お義父さんもどうせ、うるさく管理する気なんかないんだから。ここだけの話だけど、もう一年分も家賃ためて払ってない人もいるのに、お義父さんったらろくに催促もしないのよ。追い出したところであとから入ってくれる人もいないんだからって。考えたらねえ、こんな、どんどん若い人がいなくなってるさみしい町でアパート経営なんかやるほうが無理よね。相続税対策で始めた賃貸経営だから、本人にあんまりやる気がないのよ。自分が死んだらアパートも借家も取り壊して、不動産屋に売り払ってせいせいしたらいい、なんて言ってるし。今さら、猫一匹で騒いだりしないと思う」

「うわあ」

佐智子が顔を覆った。

「よかったあ……よかった。ありがとうございます。ありがとうございます」

「やだ、サッちゃん、そんな大げさにしないでよ。あ、でも、ひとつ条件つけてもいい？」

「え」

不安げな表情になった佐智子に向かって、恵子がにやりとした。

「わたし、この子気に入っちゃったの。ほら、すっごくおとなしいというか、のんびりしてて、こうして抱っこしてると気持ちいいんだもの。だからね、島崎さんが喫茶店にいる間、この子、ここにおいてくれない？」

「ここにって、駅にですか」

「そう、このお店に。だめ？」

佐智子が驚いた顔で店内を見回す。店内、と言っても、ちょっと大きめのキオスク程度の店舗だ。ホーム側の方にも窓があって、窓際にそちらに向けて商品が並んでいるのが変わっていると言えば言えるけれど、あとはごく普通に土産物が並べられているだけ。

「あの、どこで飼うんですか、この子」

「どこでって、わたしが抱っこしてればいいんじゃない？」

「でも……逃げちゃわないかしら」

「リードつけとくわ。ながーい紐で、店の中歩き回るくらいはできるようなの。もっとも必要ないと思うけど。この子、雌猫でしょ。それと、ほら」

　恵子は猫のお腹を外に向けた。

「ここんとこ、触るとわかるけど、手術の痕がある。避妊手術済ね」

「じゃ、やっぱりどこかの飼い猫なんですね」

「こんなに綺麗でおとなしい野良猫なんかいないわよ。この子には最近まで、ちゃんと飼い主がいたのよ。ある程度の年齢を過ぎた避妊済の雌なら、行動範囲はそんなに広くないのよ。紐つけないでおいても、そうねえ、駅の周囲ぐるっと一周くらいがせいぜいね。必要がなければ自分から遠出したりしないし、おそらく、一日中、店の中で昼寝してるわ。だから何もしなくても、ちょっと遊びに出たとしてもちゃんと戻って来ると思うわよ。ただ、もしかすると帰巣本能みたいなもので、元の家に帰ろうとするかもしれない。そしたら迷子になることも有り得るわ。たぶんこの子、飼い主が捜してるんじゃないかしら。だとしたら、飼い主さんの手に返すまでは、迷子にさせないようにしないとね。だからリードつけておくわよ」

「佐智子さん、飼い主さんが捜してる可能性、あるのかしら」

「よくわからないんです。とにかくおじいちゃんが落ち着いたら、ちゃんと訊いてみます。どこでこの猫を拾ったのか、どういう状況だったのか」

　愛美はうなずいた。

「それじゃ、とりあえず飼い主さんが現れるまで、ということで、わたしが預かって部屋で飼います。そしてわたしが喫茶店の仕事をしている間は、ここに預けます。塚田さん、そういうことで部屋で飼うこと、許可していただけますか」

「正式に許可するのはお義父さんだから、今夜話しとくわ。でも大丈夫、お義父さん、わたしの頼みを断ったことないんだから」

　恵子は肩をすくめて笑った。

「それより島崎さん、猫飼ったことあるの？」

「……はい」

　愛美は、思わず俯(うつむ)いて言った。

「東京で……結婚していた時に飼ってました。……離婚の時、わたしはこっちに戻ることにしたので、元の夫が引き取ったんですけど」

少しの間、三人の中で流れた沈黙が、愛美には辛かった。

故郷に戻ってから、覚悟していたのに、根掘り葉掘り東京での結婚生活について訊いてくる無神経な人はほとんどいなかった。父も何も言わなかったし、愛美を知っている地元の人々も、あえて訊かないでいようと思ってくれているようだった。その気持ちが愛美にはありがたかった。

あと何年かすれば、自分から話せるようになるだろう。だが今はまだ、できれば話したくない。思い出したくない。

「嬉しいです」

愛美は言った。

「また猫と暮らせるなんて、すごく嬉しい。ありがとうございます、塚田さん」

4

「あら、サッちゃん。それに愛美ちゃんまで。なんか賑やかね」

作業用の長靴姿にバケツを提げた田村千加が、にこにこ笑いながら店に入って来た。千加はとてもふくよかな女性で、歩くたびに豊満で見事な胸が揺れる。愛美は、この人の笑顔以外の顔を見たことがあるだろうか、と自問した。子供の頃から知っている人なのに、いつもこの明るい笑顔しか見た記憶がない。

「千加ちゃん、ねえ、ここでこの子預かるけど、いいわよね？」

塚田恵子は抱いたままの灰色の猫に頬ずりした。

「あらま、また猫？」

千加が笑顔のまま近づいて、猫の顎の下を指でかいた。

「また、お銀ちゃんが虐めたの？」

「違うのよ。サッちゃんがね」

「すみません、わたしがお願いしたんです。おじいちゃんが拾って来ちゃったんですけど、おばあちゃんが猫アレルギーで」

「あの、それでわたしが飼うことになって、でも喫茶店のバイトの間だけここにってお願いして」

愛美も慌てて言ったが、千加は猫の顎の下をかいたままでうなずいた。

「なんか知らないけど、別にいいんじゃない？　また前の時みたいに、入口んとこに、猫います、って書いて貼っとけば」

「お銀ちゃんが虐めた子の貰い手みつかるまで、ここに置いといたことがあるのよ」

恵子が愛美と佐智子に向かって、ニヤッとした。

「そしたらね、その子が招き猫になっちゃって」

「招き猫？」

「招き猫なんて、そんなもんじゃなかったって、あの子は」

千加が笑った。

「なんかのんびりした子でね、誰にでも抱っこさせて適当に甘えるもんだから、すっかり人気者になっちゃって。おかげで電車が来ない時間でもみんなここに寄るようになっちゃったのよ」

「だから招き猫なんじゃない、ねえ」

恵子は抱いた猫にまた頬ずりした。

「あらだって、ここに寄っても何も買っていかなかったわよ、みんな。なんとなく忙しくなっただけで、売り上げが変わらないんだから招き猫じゃないわよ」

「人が集まるってだけでも、この町では珍しいことだわよ。ほんとどこ行っても人がいなくてさみしくって」

「まあねえ」

千加が溜め息をついた。

「そりゃそうだけど。この駅だってさ……駅長がいなくなるなんて、あんまりだわよ」

「人が減ると何もかも減らされるのよ。たまーに病院通いの年寄りと学生が乗り降りするだけの駅に、人件費はかけられないって。ああ、この売店だっていつどうなるかわかったもんじゃない。この子にもせいぜい招き猫になってもらって、ちょっとでも人が集まるようにしなくちゃね」

「で、なに、その子、愛美ちゃんが飼うの？」

「あ、はい。でも飼い猫みたいなんで、飼い主がわかるまでですけれど」

「猫飼ったことはあるの」

「ええ」

その先を続ける前に、恵子が言った。

「千加ちゃん、ここ閉めるの、任せちゃっていいかしら」

「いいけど、どっか行くの」

「島崎さんをオレンジセンターに連れて行かないと」

オレンジセンターというのは、車で二十分ほど行ったところにあるホームセンターだ。

「トイレとか缶詰とか、いろいろ用意しないとね」

「あ、そうか。そうよね」

「うちのお古で間に合うものはあげるけど、トイレは他の猫の臭いがついてたらこの子が嫌がるかもしれないし。さ、行こう、島崎さん」

「あの、わたしお金払います」

佐智子が言った。

「うちのおじいちゃんが拾っちゃった猫だし」

「そんなこと、いいのよ。わたしが猫と暮らしたいから飼わせていただくんだもの」

「でもそれじゃ申し訳ないです。お願いです、トイレとかトイレの砂だけでも、お金払わせてください」

「島崎さん、サッちゃんがこう言ってるし、トイレだけ甘えれば？　いいのよ、あとで欣三さんに言っとくから、孫が立て替えたお金、払いなさいな、って。サッちゃん、じゃ買ったもののレシート貰っとくから、あとで精算でいいわよね」

「はい。ありがとうございます」

「じゃ、行こう島崎さん。あたしの車で乗っけてくわ。この子も連れて行きましょ。先にうちに寄れば、使ってないケージ貸してあげられるから」

*

恵子の車は小さなワンボックスの軽自動車だった。後部座席を倒すと荷台部分が広くなる。そこに、恵子の家で積みこんだ小さなケージを置いた。ケージの中では、恵子が入れてくれた古いクッションに居心地よく丸まった灰色の猫がいる。

「だけどこの子、車ぜんぜん平気ねえ。珍しいわよね」

「猫って車、だめですよね、普通」

「よほど慣れてないと騒ぐわよ。うちの子たちなんかまったくだめ。獣医さんに連れて行くんだって、ケージじゃ中で暴れて怪我するから、洗濯ネットに入れてその上からバスタオルでもう一度くるんで、助手席の誰かが抱いていないとなんないの。もう獣医行くのが面倒になっちゃう。なのにこの子、まったく騒がない。振動とか音とか慣れてるのね」

「車で移動することが多い人に飼われていたんでしょうか。長距離トラックの運転手さんとか」

「その可能性はあるわね。仔猫の頃から毎日乗ってれば、慣れて平気になるでしょうし。それにしても欣三さん、いったいどこでこの子、拾ったんだろ。欣三さんは猫嫌いじゃないだろうけど、わざわざ仔猫を拾ってくるようなタイプじゃないのに」

「命の恩人、ってどういう意味なんでしょうか」

「さあ、まるでわからない。まさか欣三さんが川で溺れたのをこの猫が助けるわけないし」

　恵子は笑いながら、信号待ちの隙に後ろを振り返った。

「あら寝てる。ほんと呑気っていうか、図太いね、この子。車の中で気持ち良さそうに寝る猫なんて、なかなかいないわよ。誰が抱いても平気だし、いったいどんな環境で飼われてたのかしらねえ」


　オレンジセンターに着くと、恵子は車の窓を開けた。

「ちょっとの間だから大丈夫よね。何も盗まれるもんなんかないし」

センターは夕方でけっこう混んでいた。ペット用品のコーナーは商品の数も多く充実している。人口密度は低いが、犬も猫も飼っていない家というのがほとんどないのでペット用品の需要は多いのだろう。

　恵子は大きなカートにどんどん物を積み上げた。

「爪研ぎはこれがおすすめ。段ボールのだとカスが出て掃除が大変だから、こっちの布使ってあるやつのほうがいいわよ。それから、餌ね、餌はどうせ猫って好みがけっこううるさくて、気に入ったのしか食べなかったりするのよ。だから最初は、ほんの少しずつ二、三種類買って、好きなの選ばせたらいいわ。安いのでいいわよね、とりあえず。えっとあとは、ブラッシング用のブラシと……」

「あれ、また猫増えるんですか、恵子おばさん」

後ろから声をかけられて振り返ると、日焼けした大柄な男性が笑顔で立っていた。

「慎ちゃん、いつ戻ったの！」

恵子が驚いて言う。愛美はその男性に見覚えがなく、ただ軽く頭を下げた。

「一昨日」

「今度はいつまでいられるの」

「まだ決めてないんです。えっと」

「あ、この人、島崎愛美さん。ほら商店街のラーメン屋さん、知ってるでしょ、あそこの親父さんの娘さんよ。今は『風花』で働いてるの」

「『風花』って喫茶店の？」

「昼間だけですけど。ランチタイムのお手伝いしています」

「そうですか。俺、いや僕、香田慎一です。恵子おばさんの甥です」

「いちばん上の姉の子なのよ。蓮池の」

　蓮池町は、根古万知から車で十分ほどのところにある。生活圏はほぼ根古万知だ。

「この人、ほとんど日本にいないのよ。いっつもあちこちほっつき歩いて」

「ほっつき歩くって、仕事なんだからしょうがないじゃないですか」

「仕事仕事って、ほんとに慎ちゃん、食べていけてるの？　その歳までお嫁さんも貰わず、貯金もなしで」

「金持ちになれる仕事じゃないのは確かです、カメラマンなんてね。でもまあ、いちおう税金払って年金入って、東京のアパートの家賃も滞納はしてません。もっとも母ちゃんがああなっちゃってから、帰国するとこっちに来ちゃうからな、アパートは荷物置き場になってますが」

「陽子姉さん、どうなの、容態」

「一進一退ですね」

　慎一は頭をかいた。

「仕方ないですよ、病気だし」

「認知症なの」

　恵子は、なんでもない、という感じで愛美に言った。

「別に隠してるわけじゃないけど、あれこれ詮索されるの鬱陶しいし、内緒にしててね。まだ七十にもなってないのに、アルツハイマーだって。蓮池の病院にいるのよ。一昨年つれあいなくしてるんだけど、この人もこの人の弟も仕事が忙しくてなかなか帰れないでしょ、他に面倒みられる親族もいないし。あたしが行ってやればいいんだけどねえ……」

恵子は大きく溜め息をついた。

「それより、ちょうどいいわ愼ちゃん、これ支払い終わったら車に積むの手伝ってくれない。愛美さんのとこまで持って行くから」

「猫、飼われるんですか。おばさんちの子、貰うんですか」

「あ、いいえ。その……知り合いが拾った子を」

「そうですか。僕も猫、大好きで。いつもおばさんちに遊びに行って撫でさせて貰ってます」

「明日から駅に来れば毎日遊べるわ。昼間は駅の売店で預かるから。荷物積みこむの手伝ったら抱かせてあげる。車にいるのよ」

よし、と愼一は嬉しそうに言ってカートを押し始めた。

「いい子でしょ、愼一」

愛美のアパートへと向かう途中、恵子が言った。

「あんなでっかいからだして、気持ちはほんと優しいの」

「猫、ほんとに好きみたいでしたね。さっきも抱いたらなかなか離さなくて」

愛美はその時の慎一の姿を思い出して、つい笑った。熊のように大きなからだで、猫を腕に抱いたまま幸せそうに目を細めていた様子がなんとも微笑ましかった。

「猫好きってのも遺伝するのかしらね、あの子もかなりなもんよ。慎ちゃん、明日ぜったいに来るわよ、駅。それより名前どうする、猫の」

「名前ですか……でも飼い主がみつかるかもしれないし」

「それにしたって不便じゃないの、呼び名がないと」

「そうですよね、どうしようかな」

「前に飼ってたって猫の名前にすれば」

「あ……いえ、それは」

恵子は信号待ちで愛美の方に顔を向けた。

「……まあ詮索はしないけど、島崎さんもいろいろあったみたいね、東京で。でもさ……こんなこと言うの、失礼だとは思うんだけど……あなたほんとにいいの、ここで」

「え？」

「ここよ、ここ。こんな田舎に戻って来て、仕事だってろくになくて。あなたまだ若いじゃないの、それなのにこんなとこでこの先、ずっとやってくつもり？　まあねえ、島崎さんにしてみたら娘が戻って来てくれたのは嬉しいだろうけど……こんなこと、あなたにだけ言うんだけどね、あたしは諦めたのよ。諦めたから、ここでおとなしく暮らしているの。毎日が幸せじゃないってわけじゃないのよ。これはこれで、幸せなんだってことはわかってる。わかってるけど、一日に一度は後悔するの。なんだってあたしはここに戻って来たんだろう。どんなに辛くたって、もっと未来のある町で頑張ればよかったのに、って」

恵子は、車をスタートさせた。

「ここはもう終わりだよ。駅長がいなくなっちゃうんだもの。商店街を見たらわかるでしょ、もう年寄りしか残っちゃいない。ひとり、またひとりとみんな死んじゃうのよ。あなただって、いつまでもバイトで暮らしていくわけにはいかないでしょ、だけど再婚するにしたってここじゃ相手なんかいないよ。あたしはね……あなたみたいな人が、あたしみたいにここで猫抱いたまんま老けていくのを見てるの、嫌なのよ。結婚生活で何があったかは知らないけど、その傷が癒えたらさ、ここを出なさいよ。いろんな可能性のあるところでやり直しなさい」

5

「ほんとにあなたって、物おじしないというか、鷹揚なのね」

愛美は、うにゃうにゃと何か呟くような音をたてながら夢中で餌を頰張っている猫の背中をそっと撫でた。

猫はアパートの部屋にすぐ馴れた。最初に畳の上におろした時には、おっかなびっくり畳の匂いを嗅ぎ、少し躊躇いながら前足を踏み出したのだが、ものの数分で我が物顔で部屋中を歩き回り、少ない家具のひとつずつに頰をこすりつけた。そして用意したトイレに何の疑問も抱いていないという顔でさっさと向かい、用を足して満足げに一声鳴いた。それから水を飲み、愛美が缶詰を開けようと手にしただけでにゃあにゃあと催促し、銘柄だのメーカーだのにこだわる素振りも見せずに新しい猫用餌皿に顔を突っ込んだ。

拍子抜けするくらい、簡単だった。

愛美は新婚時代から飼っていた愛猫サーヤを思い出していた。サーヤはどちらかと言えば神経質で、初めてマンションの部屋に入った時は怯えて鳴き、ケージから出て来ようとしなかった。部屋の中を歩き回るようになるまで丸一日くらいかかった憶えがある。生後半年くらい、まだ仕草もすることも仔猫のようだった。キャットフードには好き嫌いがあり、初めて食べさせる銘柄の時は、人間のほうが緊張しつつサーヤの食事する様子を見守ったものだ。人見知りも激しく、飼い主二人以外の人間がやって来るとソファの下に駆けこんで出て来なかった。

それでも、サーヤはこのうえもなく可愛らしかった。ソマリの血が混じった雑種猫で、雉虎模様なのに毛足が長く、不思議な品の良さを感じさせる雰囲気を持っていた。甘えっ子で膝の上に乗るのが好き、二人がソファでテレビを見ていると、必ずどちらかの膝の上で丸くなっていた。そんなサーヤを互いに手を伸ばして撫であい、その手が触れて、微笑み合った。

愛していた。

結婚しよう、と言われた時の、そのまま死んでもいい、と本気で思ったほどのあの幸福感。あんな幸せな気持ちには、もう一生、なれないのかもしれない。

あの時あの瞬間に、それからたった数年で、互いの存在に憎しみすら感じるほど心がすれちがってしまうなんて、想像することは不可能だった。

この世界に、変わらない心、なんてものはないのだ。それはわかっているけれど……

結局、サーヤと別れたことが、愛美が離婚したことについて唯一感じている後悔だった。サーヤのことはできるだけ考えないように、思い出さないようにして来た。思い出すと切ないだけではなく、悔しくてたまらなくなるから。二人と一匹で生活していたあの部屋に、今は別の女性がいる。そしてその女性がサーヤを撫で、膝に乗せている。それだけは赦せない。悔しくてたまらない。だから、考えないでいるしかない。

この猫にサーヤという名前はつけられないわ。

そう、サーヤはあの子しか存在しないし、あの子とはもう二度と逢えないだろう。

だけど、どうしよう。確かに呼び名がないと不便よね。もちろん、明日にでも飼い主が見つかってしまうことは有り得るんだけど。

「ねえ、あなたの名前、ほんとは何なの？」

愛美はキャットフードを食べ終えて悠々と顔を洗っている猫に言った。

「ミケ、ってことはないよね、三毛じゃないし。灰色だから、グレイ？」

猫は反応しなかった。

「じゃ、目が緑色だからミドリ。違うか。もっと普通に、ミーコとか。うーん、違うみたいね。案外、チビだったりして。何匹か猫飼ってると、なぜか一匹はチビになっちゃうんだよね。チビ。チビ……でもなさそう」

猫は、名前なんか好きに呼んでよ、というような顔であくびをした。そして前伸び、後伸び、とからだを伸ばし、ゆったりと歩いて居間に置いてある小さなソファに飛び乗った。居間、と言っても六畳の和室にカーペットを敷き、二人用のソファとコーヒーテーブルを置いただけの空間だ。

「そこが気に入った？　なら、そこで寝る？」

愛美はソファで丸くなってしまった猫をしばらく撫でてから、夕飯の仕度にとりかかった。

マスターがいつもくれるランチの残りもので、簡単な夕飯を作る。海老フライ二本を出汁、醤油、味醂で軽く煮て卵でとじ、冷蔵庫に入れてあった今朝の御飯を温めて丼にした。ほうれん草の買い置きで一人分の味噌汁を作る。父にもらった、母が生きていた時に毎日手入れしていた数十年もののぬか床を入れたタッパーから、胡瓜を一本取り出した。このぬか漬けさえあれば、おかずがなくてもいいくらいだ。

結婚した時も、母はぬか床を分けてくれた。初めのうちはぬか床が心配で、母に毎日のように電話していたっけ。

　マンションを出る前の晩、ぬか床の樽（たる）から少しだけタッパーに移し、残りはビニール袋に詰め、生ゴミとして出してしまった。あれもまた、小さな復讐だった。そのぬか床を、新しくあの人の妻となる女に渡せるほどに自分の心は広くなかった。

　にゃーん。

　眠っているのかと思っていた猫が不意に鳴いた。鼻を上に向け、空気をくんくん嗅いでいる。

「あ、ぬか漬けの匂い、嫌い？」

　猫は愛美が話しかけた方に顔を向け、肯定（こうてい）とも否定ともとれる鳴き声をひとつ発すると、すたすたと近寄って来た。そして愛美の足に前足をかけてぐいっと伸び上がり、胡瓜を切ろうと置いてあるまな板の方にヒゲを伸ばす。

「あらら、嫌いなんじゃなくて、好きなの？　でも猫が胡瓜なんか食べるのかしら」

　ちょっといたずら心がおきて、愛美は胡瓜の端をほんの少し切り取ると、ひくひく動いている猫の鼻先につき出してみた。

　あっという間だった。猫は勢いよく胡瓜にかぶりつき、小さな切れ端を丸ごと口に入れた。

「わあ、食べちゃった」

もっと、もっとちょうだい、というように猫は愛美を見上げている。

「こんなの食べて、お腹壊さない？」

愛美はもう一切れ、胡瓜を切る。猫は今度も素晴らしい速度でそれを愛美の指先から奪いとり、とても嬉しそうに食べてしまった。

「そうかあ、胡瓜のぬか漬けが好物なのねえ。猫って変なもの食べるのね。でもきっと、食べ過ぎたらからだに悪いわよね。ぬか漬けって塩分多いから。こら、だーめ。もうおしまい。人間の食べ物は塩分が強過ぎて、腎臓病になっちゃうんだよ」

愛美は笑いながら胡瓜をラップに包み、冷蔵庫にしまった。猫が欲しがっているのに目の前で食べるのは気がひける。明日の朝御飯にまわそう。

猫は、海老フライ丼にはまったく興味を示さなかった。甲殻類や青魚は、猫によってはアレルギー症状を起こし、嘔吐したり下痢したりする、というのはサーヤを飼っていた時に獣医から聞いている。海老フライをねだられたら困るな、と思っていたのだが、猫は、胡瓜のぬか漬けに対して見せた情熱を海老フライ丼にはまったく示さなかった。

変わった子だな。

「胡瓜が好きだから……胡瓜の……Qちゃん、ってのはあんまりか」

愛美は膝の上で丸くなった猫の背中を撫でながら、ひとり笑う。

「ぬか漬けが好きだから、ぬかちゃん。最低だねえ、ごめんね。お漬物が好き、なんておばあさんみたいだから、ババちゃん。ババじゃあんまりだから、ババロアちゃん？　ババロアよりプリンのほうが好きだからプリンちゃん。なんか方向が間違ってるな。うーん、じゃ考え方を変えて、欣三さんが拾った子だから……キンちゃん。うん、プリンよりはいいね。でも女の子だしなあ、キンちゃんよりもうちょっと可愛いほうが……キンコ……キンコちゃん？　なんか違うなあ」

猫は、膝に乗ったまま、ぐにーっと伸びた。

「……伸びてる。伸びた。のび太。……ノンちゃん」

にゃお。

猫が鳴いた。

「……ノンちゃん？　ノンちゃんでいいの？」

にゃおにゃお。にゃー。

「そうか。じゃ、とりあえずそうしよう。あなたはノンちゃん。ノンちゃんね」

猫は満足そうに目を細め、小さな雷のような音をごろごろとたてた。

＊

「ノンちゃんね」

　恵子が猫の顎の下を指でくすぐりながら言った。

「まあいいんじゃない、呼びやすくて」

「どっちみち仮の名ですから」

「あらでも、飼い主がすぐ見つかるかどうかはわからないわよ」

「でもこの子、とても人慣れしているし、トイレも失敗しなかったし、キャットフードも食べ慣れてます。つい最近まで誰かに飼われていたのは間違いないと思うんです」

「それはそうでしょうね、この子は間違いなく飼い猫ね。だけど」

　恵子はちょっと眉を寄せた。

「こんな田舎だって、いろいろあってペットを捨てる人っていうのはけっこういるのよ。わたしたちがお祭りのたびにやってる里親探しだって、生まれた仔猫や仔犬の貰い手を探すより、捨てられて保護されたおとなの犬や猫のほうが多いのが現実。こんなにおとなしくていい猫を捨てるなんてもちろんわたしには想像もできないけど、世の中ほんといろいろだから」

　恵子は、ひとつ溜め息をついた。

「わたし、今日、欣三さんのところに行ってみます。それで、この子を欣三さんが拾うことになった事情、聞いて来ます。やっぱりこの子にとっては、元の飼い主のところに戻れるならそれがいちばんいいと思います」

「ま、それはそうね。でもさ、元の飼い主が見つからなかったら見つからなかったで、いいじゃない、ノンちゃんはあなたが飼えば。猫、好きなんでしょ？」

「はい、大好きです」

「なんたって、猫が好き、って人と暮らすのが猫には幸せなんだから、元の飼い主にこだわらなくたっていいと思うわ。それより、これどうかしら。うちにあった使ってないハーネス。これつけといたら、少しは自由にさせてあげられるけど」

　恵子は赤い革とチロリアンテープのような模様のついた可愛らしいハーネスを手提げ袋から取り出した。

　猫はハーネスの装着をまったく嫌がらなかった。それどころか、装着が済むと、出かける支度ができた、というような態度で悠々と恵子の腕から滑り降り、尻尾をピンと立てて店内を歩き回った。

「まあま、この子、ハーネスにも慣れてるわよ。見てあの顔、これでやっと散歩ができる、って感じ」

紐の部分が長かったので、売店の外に出て店の前に置かれている小さなベンチに飛び乗っても余裕があった。猫はベンチの上で満足そうに一声鳴き、そこでさっさと丸くなった。

「これで決まりね。ノンちゃんはあそこを居場所にするって。いい猫だわほんとに。この子、招き猫になるわよ。見ててご覧なさいな、噂を聞きつけて猫好きが集まって来るから。さ、せっかく招き猫が来てくれたんだからこっちも商売頑張らないと」

恵子は笑いながら、菓子類を台に並べ始めた。

ランチタイムが終わる頃になって、『風花』に欣三がやって来た。こちらから帰りに佐智子の家に寄るつもりだったのだが、佐智子のほうが気を利かせて欣三を連れて来てくれたのだ。

「猫、見て来ました」

佐智子は嬉しそうだった。

「売店の前のベンチで、みんなに囲まれてました」

「わ、やっぱり人が、集まってた？」

「はい、この町の猫好きがみんな来ちゃったみたいで。ノンちゃんって名前になったんですね、あの子」

「とりあえず、呼び名がないと困るから。ノンちゃんで良かったかしら。あの、欣三さん、他に何かいい呼び名があれば」

「名前なんかなんでもええ」

欣三は、ココアをくれ、と言ってからそう付け加えた。

「とにかくあんたがあの猫を飼ってくれるんなら、くれぐれも大事にしてやってくれ」

「はい。猫は好きですから」

「あの猫は神様のつかいなんや」

欣三は真面目（まじめ）くさった顔で言った。

「俺の命を助けてくれたんや」

「おじいちゃん、その話、ちゃんと聞かせて。おじいちゃん、あの猫をどこで拾ったの？あの子、飼い猫よね？　飼い主が捜しているかも知れないのよ」

佐智子が言ったが、欣三は首を横に振った。

「飼い主なんておらん。あの猫は神様のつかいなんや」

「おじいちゃん、わけのわからないこと言わないで」

「わけのわからないことやない」

欣三は愛美が運んで行ったココアをふーふーずーずーと飲み、平然と言った。

「俺は今から五十年以上前に、あの猫に逢うとるんや」

「五十年以上前、って、猫がそんなに長生きするわけないでしょう」

「神様のつかいならいくらでも長生きできる。間違いない、炭坑で働いていた時に、俺はあの猫に助けられた」

欣三も炭坑夫だったのか。愛美は、この町の過去が太良山炭坑と密接に結びついている事実をあらためて噛みしめていた。今ではもう、炭坑が近くにあったことなど面影もなくなっているのだが、この町で暮らしている人々にとってはそんなに遠い昔の想い出ではない。父が、祖父が炭坑夫でした、母も炭坑で働いていました、という話は無数にある。

「神様のつかいと猫の人助けか。面白そうだな。聞かせてくれませんか」

信平が盆にコーヒーのカップと、ケーキの皿を載せてくわわった。

「どうせ他にお客もいないし、これ、みんなで食べよう。ケーキ、僕のおごり」

「すみません信平おじさん、ご馳走様です」

佐智子は何度も頭を下げたが、欣三は何も言わずに皿を受け取り、フルーツタルトを手づかみでむしゃむしゃと食べた。欣三は甘い物に目がないらしい。

「面白い話なんかなんもない」

欣三はタルトを食べ終えてから、ぼそぼそと喋り出した。

「俺はまだ二十二か三の若造だったが、十四の時から炭坑に入ってたんで仕事には慣れていた。あの頃、このあたりの男は半分以上、太良山炭坑で働いていたんや」

その当時、日本中の人々が想像していなかっただろう、と愛美は思った。炭坑が閉鎖され、石炭が人々の日常生活には不要なものとなってしまう日が来るなんて。

「ある朝、俺は風邪をひきかけていた。少し熱があって、オヤジや仲間たちと炭坑に向かう時間に起きられなかった。それでも一、二時間してから、少し熱も下がったんで炭坑に向かったんや。炭坑夫の給料はかなり良かったが、休みやさぼりにはうるさくて、下手に休んだりするとこっぴどく怒られた。俺は一人で炭坑に向かい、入口のところでチェックを受けて一人で入山した。仲間たちはとっくに地下にもぐっていると思いこんで。ところがその朝、人事のことでちょっとしたトラブルがあったとかで、仲間たちの入山が午後からに変更になっていたんや。俺はそんなこと知らなくて、前の日の作業の続きをしに地下に向かっていた。そん時に、あいつが、あの猫がひょっこりと現れた」

「炭坑の中に猫がいたの、おじいちゃん」

「もちろんいつもはそんなもんいない。有毒ガスの発生をいち早く知るために鳥を入れた鳥カゴが吊るされてることはあったが、猫なんか穴の中で見たこともなかった。俺はびっくりして、とりあえず猫をつかまえた。きっと迷って入りこんだんだろう、しかしこのまましとくと邪魔だし、危ない。そう思って、猫を抱いて一度地上へと引き返した。俺が猫と一緒に眩しい日の光の下に出た時、どん、という音がした。腹の底から響いて来るようなすごい音だった。……落盤事故が起こっていた」

「落盤……」

「小規模な落盤で、幸い犠牲者はいなかった。だが事故が起こったのは、まさに俺が猫と出逢ったその場所やったんや。そのことを後で知って、俺は確信した。あの猫は俺を助けてくれたんや、とな」

6

「それじゃ、その時の猫がこの子だって言うの、おじいちゃん」

佐智子は目を丸くして、猫と欣三の顔を交互に見た。

もちろんそんなはずはない。ギネスブックに載っているような長寿猫だって、まさか半世紀は生きていないだろう。ただ毛色が似ているだけ、欣三の遠い記憶の中にいる「命を助けてくれた猫」の想い出と、たまたま出逢ったノンちゃんとが重なってしまっただけだ。

佐智子だってもちろんそれはわかっている。が、佐智子の複雑な表情には、問題はそんなことじゃない、という懸念が読み取れた。佐智子は、欣三がボケている……認知症の初期症状を示しているのではないか、と不安を感じているのだ。

だが、当の欣三はゆるぎない自信に溢れていた。

「わしにはわかった」

欣三は、おごそかに聞こえるほどの芯のある声で言った。

「目が合った時にわかった。あの時の猫だ。あの猫なんだ、となし
「炭坑から出てから、その猫はどうされたんですか」

「うん、わしの命を助けて満足したんやろ、腕から飛び出してどこかに駆けて行った。それっきり見ていない。あの猫は、まだ若かったわしが事故で死ぬのを不憫に思った神様がつかわしてくれた猫やったんや」

信平が愛美の方を見て、ごくわずかに首を横に振り、笑顔をつくった。

「不思議な話ですね」

信平の声は優しかった。

「でも、猫ってそういう神秘的なところが、ありますね。そう、もしかすると生まれ変わりなのかもしれない。欣三さんを助けた猫が何世代か生まれ変わって、ノンちゃんになったのかも」

それには欣三は反論せず、ただ、ふん、と鼻を鳴らした。

「それはともかく」

佐智子が気を取り直すように言った。

「神様のつかいにしろ生まれ変わりにしろ、この子は飼い猫だったのよ。それは間違いないのよ、おじいちゃん。だから、この子とどこで出逢ったのか教えてちょうだい」

欣三は答えない。佐智子は首を小さく振った。

「あとでおじいちゃんから、もう少し詳しいこと、聞いておきます」

ドアが開いて、客が入って来た。愛美は少し驚いた。

「お父さん……どうしたの、まだランチタイムでもないのに」

父の隣りにもう一人、スーツを着た男が立っている。

「おい、愛美。おまえ、猫拾ったんだって？」

「わたしが拾ったんじゃないけど、うん、預かることになったの」

「駅の猫か？」

「そうだけど、お父さん、ノンちゃん見たの、もう」

「すごい人だかりだぞ、駅」

「ほんとに？」

「ああ。新しい駅長が猫になったって噂、ひろまってな」

愛美は唖然（あぜん）とした。

「なにそれ。どういうこと？　なんでそんな噂がひろまってるの？」

「あの、わたくし、こういう者なんですが」

会話に割って入るように、スーツの男が名刺を取り出した。愛美は慌ててカウンターの外に出た。

柴山電気鉄道株式会社　広報課課長　川西正史（かわにしまさし）

「柴山電鉄の……広報課、ですか。あの」

「一時間ほど前に、本社に電話があったんです。インターネットの、ｔｗｉｔｔｅｒの書きこみを見たと」

「ｔｗｉｔｔｅｒ、ですか」

「はい。東京の雑誌社からでした。鉄道ファンのための雑誌の、編集部の人でした。ねこ町鉄道が復活して、猫の駅長が誕生するという噂は本当ですか、という問い合わせでした。最初は、和歌山電鐵貴志川線の猫駅長のことかと思ったんです。それで、その猫駅長はうちではなく、和歌山電鐵で、とお答えしようとしたら、こう言われたんですよ。ワカデンのたま駅長の向こうをはるつもりですか、って。いったいどういうことかわからずに、ネットを探しました。すると何が起こっているのか少しつかめて来ました。どうやらうちの、根古万知駅に今朝から猫がいるらしい、と。たまたま今朝、大阪の猫愛好家グループが駅にいて、その猫を見た。彼らはちょっと前にミニブームになった、ねこ町駅の見物に来ていたが、ねこ町駅にちゃんと猫がいて大喜びして、それをｔｗｉｔｔｅｒで発信した。するとそれにいろんなコメントが付いて、話が少しずつ大きくなって、いつのまにか、ねこ町駅に猫の駅長が誕生した、という話になってしまったようなんです」

川西は眼鏡をくい、と指先で持ち上げた。

「慌てて根古万知駅に来てみたところ、売店の外のベンチに寝転がった猫を、百人以上もの人が取り囲んでいました。ｔｗｉｔｔｅｒを読んで慌てて駆けつけて来た見物客です。でも猫は、おそれるでもなく怒るでもなく、実に鷹揚にかまえていました。売店の女性が抱きあげると愛想よく鳴き、子供の見物客がそっと撫でるとゴロゴロと喉を鳴らし……まるでその……それが使命だとでもいわんばかりに、見物客を喜ばせていたんです。売店の女性が、飼い主はあなただと教えてくださって」

「たまたま俺も猫を見てたんで、飼い主がおまえだって聞いてびっくりしたぞ。で、娘に会うならご一緒します、ってこの人、連れて来たんだ。おまえいったいいつのまに、猫なんか」

「昨日の今日なのよ。あとでそっちに寄って、言おうと思っていたの。でも……あの、川西さん、それでいったいわたしに何を……駅に猫を預けるのがいけないということでしたらすぐ引き取ります。ここの二階におけばいいので」

「いや、そうではないんです。そうではなくて、ですね。実は今週末、柴山電鉄は七十周年記念感謝デーを行うのはご存じでしょうか」

「あ、そんなポスター、見た気がします」

「柴山電鉄って七十年も続いてるんですか」

信平が言うと、川西は少しだけ胸をそらせた。

「はい、戦前の根古万知鉄道、戦後の国鉄時代を合わせれば続いております。で、その感謝デーにですね、おたくのあの猫さんをその、一日駅長、ということでお借りできないかと」

「一日、駅長……ですか」

「はい。いえ何も特別なことをしていただかなくて大丈夫です。ただ今日と同じに駅のベンチに座っていていただければ。あとはこちらで準備しますから。ですが写真を撮らせていただきたいのです。そしてその写真をこちらの広報用に、ポスターやインターネットで使用することもご承諾いただければと。あ、まことに申し訳ないのですが、ギャラはお支払いできないと思いますので、かわりによろしければ、猫さんのお好きなキャットフードでもプレゼントさせていただければと」

「一日駅長」

信平が言って、楽しそうに笑った。

「面白そうだ。愛美ちゃん、ノンちゃんが駅長になるなんて愉快だな。ねこ町の駅に、猫の駅長誕生だ」

愛美は信平につられて笑いだしながらも、事態がよく呑みこめないまま、少し困惑していた。

二章　ねこ町の復活

1

降って湧いたような猫駅長誕生で、愛美はめまぐるしい数日を過ごした。柴山電鉄広報課の川西は自分の思いつきがとても気に入ったようで、毎日『風花』を訪れては様々なアイデアを披露する。

「でも、川西さん」

愛美は盛り上がっている川西を傷つけないように言葉を選んだ。

「ノンちゃんが駅長するのって、一日だけなんですよね。一日駅長なら芸能人やスポーツ選手なんかのほうが、話題になりませんか？」

川西は途端にしょんぼりした顔になる。

「……今さらカッコつけてもしょうがないですから言いますが、ぶっちゃけ、芸能人なんか呼べる予算はありません。いろいろツテを頼って、六十周年の時は地元出身の落語家さんに来て貰いましたが、地方新聞にちらっと載った程度で、話題にもなんにもなりませんでしたわ。その前の五十周年の時は、まだいくらか経営にも余裕があったようで、社長のコネで演歌歌手を一日駅長さんにお願いしたそうです。その時はスポーツ新聞に記事も出たそうですが……今はもう、そんなんは無理です」

「イベントの効果がはっきり出ないと難しいよね」

　信平が話題にくわわった。

「一日駅長に無理して芸能人を呼んでも、当日はともかく次の日になれば、乗客数は元に戻っちゃうもんなあ」

「沿線の住民がどんどん減っとるのに乗客数が増えるなんてことは、有り得ない。正直なとこ、乗客数の増加については絶望的なんです」

　川西は大きな溜め息をついた。

「けど、我々ローカル鉄道には地元住民の足になる使命があります。会社としては、毎年赤字が増える電鉄事業は整理して、バスとタクシーだけに絞ったほうが楽なんです。ですがなんとしてでも、電鉄を残し、鉄道を走らせ続けたい。続けねばならん。それにはなんでもいい、世間的に話題になってくれたらと」

「ノンちゃんがお役にたてるといいんですけど」

「あの猫には不思議な魅力があります」

川西は力強く言った。

「一目見てわかりました。あの猫は人を惹（ひ）きつける。もしかすると、柴山電鉄の、いや、この町の救世主になるかもしれません」

そんな大げさな。一日駅長を猫がつとめたくらいで、赤字ローカル線が助かるわけはない。が、愛美は否定せずに微笑（ほほえ）んだ。藁（わら）にもすがる気持ちなのだ。川西は柴山電鉄を愛している。単にそこの社員だからという愛社精神だけではない。この土地を走るあのひなびた電車を、心から愛しているのだ。

一日駅長をつとめる日までに飼い主である愛美にしていただきたいこと、を列挙した紙を置いて川西が帰ると、さっそく信平とスケジュールをたてた。

「まず、猫を獣医（じゅうい）にみせて健康診断と予防接種をして貰ってください、だって。今日、行く？」

「はい。佐智子さんが保育園の仕事を終わったあとで迎えに来てくれるので、中郷（なかごう）の獣医さんまで行って来ます。診療が八時までなので、ゆっくり間に合いそうですから。佐智子さん、健康診断の費用と予防接種代はどうしても自分でもつと。わたしが飼い主なんだから、わたしがもちますって言ったんですけど」

「まあいいじゃない、サッちゃんだって猫を愛美ちゃんに押し付けちゃったこと、気にしてるんでしょう。そのくらい、甘えてもいいよ。たかが猫だけど、これからいろいろお金はかかるんだし」

「でもわたし。ノンちゃんの飼い主ってことになってますけど、ノンちゃんはもしかしたらどこかの飼い猫が迷子になっているだけかもしれないですよね。それなのに勝手に一日駅長なんか引き受けてしまって、よかったんでしょうか」

「確かにノンちゃんの人慣れしている様子からしたら、元は飼い猫だろうなとは思うけど、元の飼い主がノンちゃんを捨てちゃったんだとしたら、文句の言える筋合いじゃないよ」

「迷子だったら……」

「それだって今は愛美ちゃんが保護者なんだから。もし飼い主だと名乗り出た人がいて、それが嘘(うそ)ではないようなら、その時にあらためて飼い主さんの意向を訊(き)けばいいんじゃないかな」

「でも今さら、飼い主さんが嫌だと言っても一日駅長をしないわけには……」

「その時はみんなで説得しよう。俺も一緒に頼んであげる。ノンちゃんは雌猫だろ、雌猫の行動範囲はそんなに広いものじゃないし、発情期でも遠くまで出かけてしまうことは少ないんじゃないかな。仮に迷子なのだとしても、この町の中に飼い主がいると思うんだ。だったらちゃんと説明してお願いすれば、一日駅長にノンちゃんを貸してくれると思うよ。シバデンにはこの町のみんな、世話になってるんだし」

「……そうですね。その時はわたしも、勝手に決めてしまったことを謝って、一日駅長をやらせていただけるように誠心誠意、お願いします」

「そんなに心配しないでも大丈夫だよ。それに、一日駅長のイベントは新聞にも載るし、ケーブルテレビでも放送される。逆にそれを見て、飼い主が名乗り出るかもしれない。それでも誰も名乗り出なかったとしたら、おそらく……ノンちゃんは捨て猫だ。愛美ちゃんと俺たちで、大切にしてあげようよ」

「……はい」

「さて、と」

信平はまた紙に目を落とした。

「二つ目。ノミがいるようなら駆除してください。当日までにシャンプーをしてください。わ、猫はシャンプー、大変だ」

「頑張ります」

ノンちゃんがお風呂好きならいいんだけど。

「体調管理に気をつけてあげてください。万一、当日の朝に猫の体調が悪いようでしたら、一日駅長は辞退していただくことになります。下痢、発熱に特に注意してください。

……まあこれは当然だな。でもノンちゃんが辞退したら、一日駅長セレモニーはなしか」

「なんとか、ノンちゃんに元気でいて貰わないといけませんね」

「えっと……当日は見物者の皆さんに猫に触れていただくことはありません。ですが、万一のことを考慮して、爪が伸びていないかチェックしてください。できれば獣医さんかペット美容室で整えて貰ってください。……ふーん。自分で切ったらだめなのかな」

「猫の爪って、先のほうはいいんですけど、根元のほうには神経がかよっているので切り過ぎると血が出たり化膿しちゃったりするんです。いちおう前に猫を飼っていた時に爪切りはしていたので、大丈夫なんですけど、念のため獣医さんと相談して来ます」

「当日の朝は早めに食事をさせ、本番直前には食べさせないようにしてください。飲み水は用意しますが、好きなおやつがあるようでしたらご持参ください」

「ノンちゃんと暮らしてまだ今日で二日目なんで、好きなおやつなんかわからないわ。でも、ペット用の減塩煮干しを持って行きます」

「いろいろ大変だね……あ、やっぱりコスチューム作るんだ。たま駅長に対抗する気だね、川西さん」

「ノンちゃんがおとなしく着てくれるといいんですけど」

「猫は体毛を舐めて生きてる動物だから、服は着せないほうがいいんだよね。でも川西さんも動物が好きみたいだから、そんなに無理なことはしないよ。それに一日駅長って言っても、衣装なんか着てるのはセレモニーの間だけ、一時間くらいだろうし」

「でも、川西さんも大変ですね。正直なところ、猫に一日駅長なんかさせても柴山電鉄の赤字はどうしようもないですよね」

「川西さんの思惑としては、一日駅長が最初のとっかかり、じゃないのかな」

「最初の？」

信平はうなずいた。

「前のねこ町駅ブームがあっという間に終わってしまったのは、駅を降りたら何もなかったから、なんですよね」

「そういうことだね。なにしろ時刻表見たらわかる通り、朝と夕方の通勤時間帯を除いたら多くて一時間に一本、午後三時台なんか一本も電車がないんだから、ネットでねこ町の噂を聞いてわざわざここまでやって来て、電車を降りたらなーんにもない、でも次の電車まであと一時間半もある、なんて体験したら、よほどの鉄道好きでない限り嫌になっちゃうよね。ふらふらこの商店街まで歩いて来ても、愛美ちゃんのお父さんとこでラーメン食べるかうちでコーヒー飲むか、そんなことしかすることなくてさ。まあその点では、ワカデンの貴志駅だって似たようなもんなんだけど、あそこは駅に喫茶店作って時間が潰せるようにしてあるし、売店もグッズがたくさんだし、何よりたま駅長にガラス越しとはいえ逢えるからね」

「じゃあもし、ノンちゃんが一日だけの駅長ではなく、たま駅長みたいになれば」

「そりゃ、多少はましだろう。でも根本的な解決にはなんないよ。そもそもワカデンより柴山電鉄のほうが運行本数が圧倒的に少ないから、駅での待ち時間が多くなる。いくらノンちゃんが愛想が良くても一時間半も観光客の相手なんかしてられないし、そんなこと続けていたらノンちゃんがまいっちゃう」

「そうですよね……喫茶店を駅に作ったとしても……」

「そんな投資を柴山電鉄がしてくれるとは思えないけど、まあやったとしても、コーヒー一杯で九十分ごまかすのは大変だろうね」

「ただの喫茶店ではなくて、駅そばを出すとか」

「料理を出すとなると立ち食いそばだっていろいろと大変になる。設備もそうだけど、何より人件費。赤字にならないように営業するのはすごく大変だよ。ある程度乗客数が確保できてからそうした施設を増やすならまだしも、今の段階でそれは無理だよね」

「もっと何か……もっと根本的な改革が必要だ、ということですね」

「そう。根本的な問題だ。つまりね、ただ電車に乗せてここまで来て貰う、そのことだけじゃだめなんだよ。ごく一部の鉄道マニアや猫好きの力だけじゃ、瀕死の赤字ローカル鉄道を立て直すことなんかできやしない」

「根本的な問題ってなんなんでしょうか」

　愛美はテーブルを拭きながら考えた。

「シンプルな話だと思う」

　信平はコーヒーをドリップしながら答える。

「この町に来たいから柴山電鉄に乗る。そういう人が増えないと、だめなんだ」

「この町に来たいから」

「うん。鉄道に乗ることだけが目的、駅に来ることだけが目的の人の数は、しょせん限られる。しかも一度その目的を果たしてしまうとたいていの人はもう来ない。そうじゃなくて、ここに来たいから鉄道に乗る、そうならないと。でもこの町には、人を呼び寄せるものは何もない。観光施設も歴史遺産も、企業も、何もない」

客が入って来た。あれ？

見かけない女の子たち。三人連れだ。三人とも二十代か、せいぜい三十代前半。この商店街で見かける女性としてはとても若い。

「ああ、よかった。お店やってたね」

「うん。あたしお腹すいたなあ。朝御飯、おにぎり一個だし」

メニューと水をテーブルに置くと、髪の長い子が愛美を見て言った。

「あの、食事できますか、もう」

愛美が振り返ると信平が指で丸を作る。

「はい、ランチタイムは十一時からですけど、大丈夫です」

「わあ嬉しい。ランチ何ですか」

「ランチ定食は鶏のモモのレモンソース、他にカレーとかスパゲティ、オムライスもできますよ。すべてミニサラダ付き」

信平がカウンターの中から答えた。

「ランチタイムはワンドリンクサービスです。コーヒー、紅茶はアイスもできます、あとウーロン茶と、五十円増しで地元特産ねこまち甘夏のジュースでも」

「ならわたし、ランチ定食と甘夏ジュースで」

「あ、あたしもそれで」

「鶏肉いまいち苦手だなあ、どうしよう」

眼鏡が似合っている子が言った。

「スパゲティにしようかなあ。ナポリタンかな。ドリンクはやっぱり甘夏ジュースお願いします」

三人も、普段はこの商店街で滅多に見かけない若い女性客が入ると、それだけで店内は一気に華やいだ。まるで客が満杯になっているかのようだ。

「どちらからいらしたんですか」

信平がフライパンを動かしながら訊く。

「東京からです」

「東京？　遠くからいらしたんですね。もしかして、鉄道ファンですか」

「鉄道ファンってほどではないんですけど」

「ブログ仲間なんです。旅の」

「三日前から関西を旅してて」

「わたしたち、行き当たりばったりの旅が好きなんですよ。新幹線で新大阪まで来て、あとは適当に気が向くままに」

「宿も予約とかしないんです。昨日は和歌山に泊りました。それでtwitterで、ねこ町駅にまた猫が来た、って知って」

「じゃあ、ノンちゃんに逢いに来てくれたんですか。そこの女性、愛美ちゃんがノンちゃんの飼い主なんですよ」

信平が言うと、三人は一斉に愛美を見た。

「ほんとですか」

「ノンちゃん、すっごく可愛かったです」

「ありがとうございます」

「ノンちゃん、駅長さんになるんですよね」

「あ、はい。今週末、一日駅長に」

「え、一日だけなんですか？　でもみんな、そんなふうには言ってなかったけど」

「……みんな？」

「さっき駅にいた人たち、ねえ」

「うん、ノンちゃんが新しい駅長だってみんな言ってましたよ」

「だって根古万知駅、もうじき駅長さんがいなくなっちゃうんでしょ、それでノンちゃんが新しい駅長さんになるって」

愛美は信平と顔を見合わせた。信平が首を横に振る。愛美も首を傾げた。柴山電鉄の川西は、一日駅長、とはっきり言っていた。もちろん愛美もそのつもりだったのだ。

「そうですか」

信平は曖昧に笑った。

「そういう話もあるのかな？　いや、まあ、実はノンちゃん、この町に来てまだ数日なんですよ。だからとりあえずは一日駅長を、ってことなんです。ね、愛美ちゃん」

「あ、はい。まだ新しい環境に慣れていませんから、いきなり大役は」

「えー、そうなんですかあ」

「ノンちゃん、とってものんびりしてて、みんなに騒がれてもまったく平気だったよね」

「うん、あの性格なら充分やれそうだけど、駅長さん」

「就任できるといいよねー。ねこ町駅にはやっぱり猫の駅長さんが似合うもの」

「うん、だけどあの駅、ほんとに何もなくてびっくりしちゃったね」

三人は笑った。

「駅前にコンビニくらいあると思ってたんだけど」

「この商店街も、入口のとこ暗くてお店があるかどうかわからなかったし」

「ここが開いててよかった、ほんとに。帰りの電車まで、あと四十分もあるんだもん」

テーブルの上に皿が並ぶと、三人の関心は料理に移った。

「このレモンソース、美味しい！　マスター、このソース変わってるけど美味しいですねー」

「ありがとうございます」

「レモンなのにそんなに酸っぱくなくて」

「ほんの少し、甘夏ジュースも入れてあるんです」

「あ、だからか。すこーし甘いの。鶏肉に合ってます」

「ナポリタンも美味しいですよー。このお店が駅にあればよかったのに」

「あ、そうですよ。マスター、駅に支店出せばいいと思いまーす」

信平は苦笑したが、まんざらでもなさそうだ。確かに信平が作る料理は、決して凝ったものはないけれど、どれも美味しいと愛美も思う。料理人として正式に修業したわけではないのに、信平にはセンスがある。

「でもほんと、もったいないですね、この商店街」

髪の長い子が言った。

「駅からすぐ近くにあるのに、シャッタータウンになっちゃってる」

「ラーメン屋さんしか開いてなかったもんねえ」

「あとスーパーみたいなのもあるみたいだけど」

「せっかくいいとこなのにね」

「いいとこ、ですか」

信平が問う。

「何もないでしょう」

「そうでもないですよ」

眼鏡の子が明るく言った。

「柴山電鉄って初めて乗ったんですけど、沿線に温泉もあるじゃないですか。それにこの先に炭坑跡もあるんですよね？」

「ええ、でも観光施設じゃないんで見学はできないんですよ」

「そうなんですか、もったいなーい」

「でもほら、ここから車で行けるんじゃない、例の、ＵＦＯの丘」

「……UFOの丘？」

信平と愛美はまた顔を見合わせた。なんだろう、UFOの丘、って……

2

信平がカウンターから盆を持って出て来た。盆の上には、オレンジ色のババロアのようなものが、可愛い色つきガラスの器に盛られて三つ載っている。

「よかったらデザートに試してみてくれませんか。試作品なんでサービスです」

三人は歓声をあげた。

「わあ、美味しそう！　オレンジババロアですね」

「ねこまち甘夏で作った甘夏酒のババロアです」

「甘夏のお酒ですか！」

「ちょっとほろ苦味があるんで、お嫌いな方もいらっしゃるかもしれないんですが」

「すっごく美味しい！」

「香りがいいですね」

「苦味もちょうどいいと思います。これ、お土産に持って帰りたいくらい」

お世辞が少し入っているとしても、三人はババロアを気に入ってくれたようだ。

「こういうの、お土産物として売らないんですか」

「駅の売店に少しお菓子があったけど、なんかよくあるものばっかかでしたよね」

「そうそう、甘夏キャンデーと、甘夏クリームを挟んだスポンジケーキみたいなお菓子と」

「あと、甘夏羊羹もあったね」

「試食はなさいませんでしたか」

信平が訊くと、三人は、しました、と声を揃えた。

「どれもマズくはなかったです。ただ」

「なんか、よくある味だったです」

「そうそう、日本全国、お土産物屋さんになら売ってるお菓子と変わらなかった」

「別にねこまち甘夏じゃなくても、柑橘類を特産にしているところだったらどこでもありそうな」

「耳が痛いな」

信平は笑いながら、自分と愛美の分のコーヒーをいれ、三人の隣りのテーブルに座った。

「他にお客さんいないから、いいですよね」

「もちろんです」

三人が明るく言ってくれたので、愛美も椅子に座る。

「ねこまち甘夏は、生食、つまりそのまま食べるとほんとに美味しいんですよ。糖度が高く香りもいい。でも生の甘夏が特産品として売れるのは、早くて二月頃からせいぜい五月頃までなんです。収穫は一月からできますが、収穫したら倉庫などに保存して酸味を抜いて出荷します」

「甘夏、って、夏みかんなんですよね？　なのにそんな早くから収穫するんですね」

「夏みかん、というものの定義は僕もよく知らないんですが、今市販されている甘夏みかんはほとんどが、川野夏橙、という種類だと言われてますね」

「カワノナツダイダイ？」

「ええ。大分県でできた、夏みかんの変種です。普通の夏みかんより早くから収穫できます。酸味を抜けば生で食べてもとても美味しいんですよ。ただ、皮が厚くて剝きにくいことか、白い綿の部分があって食べるのに手間がかかったりするので、生で食べる柑橘類の中では、もうあまり人気はないでしょうね。皮が薄くて、櫛形に切ってすぐ食べられるオレンジとその交配種に人気を奪われてますね。ですから特産品として商品にするなら、生ではなく加工したお菓子で、と思うわけなんですが、いくら糖度が高いと言っても夏みかんですから、そのまま加工したのでは酸っぱくてお菓子にならない。それで糖分を足して作る。すると、もともとは糖度が高いところが特徴だったのに、結果的には他の夏みかんを使って作ったお菓子と、何も変わらなくなってしまうんです」

「なるほどねえ」

「そう言われてみたらそうですねえ。キャンデーも羊羹も、どっさりお砂糖使ってますもんね」

「それで、砂糖で甘くする以外の方法をいろいろと試してみてるんですが、なかなかしっくり来なくて。このババロアは、いったん果実酒にしてからババロアに入れて風味をつける方法で作ってみました。それだけだとこんなふうに淡いオレンジ色にはならないんで、甘夏の皮を砂糖で煮たオレンジピールを細かく刻んで入れてます」

「オレンジピールもとても美味しいんですよ」

愛美が思わず口を挟んだ。

「チョコレートをまとわせたものは、コーヒーにすごくよく合うんです。マスター、試食していただいてもいいですか」

「そうだね、あの、よかったら」

「わあ、オレンジピールも大好きです！」

三人は、愛美が皿に載せて出したオレンジピールのチョコレートにまた歓声をあげてくれた。

「美味しい！　ロイズのっぽいね、これ」

「うん、チョコが少し優しいけど」

「こういうのもいいよね。わたしはリスト風のも好きだけど」

「あ、全体をチョコで覆ってるやつ？　ココアの粉みたいなのまぶしてあって」

「どっちも好きだけど、ロイズ風はつまんで食べやすいよね」

「でもピールの部分は、市販のより美味しいと思うな、わたし」

「うん、ピールがすごく美味しい！」

「気に入っていただけましたか？」

三人は一斉にうなずいた。

「これすごいです」

「ぜったい、駅の売店で売るべきですよ！」

信平は嬉しそうだったが、軽く頭をかいた。

「そうできればいいんですが……けっこう手間がかかるので、売店で売るほどは作れないんですよ。なにしろこの店には設備もありませんから」

「町の人に協力して貰えないんですか」

「いろいろとね……難しいことがあります。第一に、この町にはもう、労働力があまりないんです。ここで暮らしているのはお年寄りがほとんどで。それに設備投資したり、利益が出るようになるまで人件費を立て替えたりする資金が僕にはありません。町の人に協力を頼むとなると、失敗はゆるされないでしょう。そこまでする勇気はないし。たとえひとりでなんとか商品を作れたとしても、売店に置くなら賞味期限の問題があります。売れ残ったものをどうするのか、なんて考えると踏み出せないんですよね。まあせいぜい、ホームページで予約をとって、予約して貰った分だけ手作りする、そのくらいかなあ、と」

「わたし、買います。ホームページでの予約販売が始まったら」

「わたしも」

「わたしはババロアも欲しいなあ。ババロアは無理ですか？」

「カップに詰めた状態でクール宅配便などで送ることは、やればできないことはないと思いますが」

「挑戦してください、ぜひ！」

「通販でも話題になれば、少しはねこ町の宣伝にもなりますよ」

「そうそう、ノンちゃんの絵をパッケージにつけたりして」

三人が口々にアイデアを言い合うのを、信平はとても真剣な顔で聞いている。愛美は、信平には何かの決心がある、とその時思った。


「ところで、さっきの話なんですが」

ひとしきり、ねこまち甘夏の菓子作りや販売アイデアの話で盛り上がったあとで、二杯目のコーヒーをサービスしながら信平が訊いた。

「UFOの丘、ってなんなんでしょう。僕ら地元では、そんな話、耳にしたことがないんですが」

愛美も聞いたことがなかった。

「え、ほんとですか?」

三人は意外そうな顔をした。

「地元では知られてないんですか」

「少なくとも、僕は聞いたことがありません。Uターン組ではあるけど、いちおう地元民なんですが」

「なーんだ、じゃあやっぱガセネタかあ」

眼鏡をかけた子が肩を落とす。

「インターネットに、以前から出ている話題なんですよ」

赤いピアスをした子がバッグの中からｉＰａｄを取り出した。

「ほら、これです」

『なつかしい丘の上で』

ブログのタイトルだった。出ているページには、消えかかる夕日にわずかに照らされた草原の写真がある。見覚えがある光景のような気もするが、日本中どこにでもある空地のようにも見えた。シルエットで、ハルジオンかヒメジオンのどちらかに思える花がいくつも咲いているので、春から夏にかけての画像らしい。

記事を斜め読みしてみる。拍子抜けしたことに、ほとんどの記事はブログ主の日記で、朝昼晩やおやつに食べたものだとか、コンビニで流行っているものなどの画像が載せられていて、素人にしては上手だがとりたててどうということもない文章が付けられている。いったい何がＵＦＯなのだろう、と首を傾げながらブログのトップに戻ってみた。と、妙な丸い光が空にいくつも並んでいる画像が現れた。記事によれば、いつも散歩に行く丘の上から撮った写真らしいのだが。

一緒にブログを読んでいた信平が、あ、と叫んで画面を指さした。

「これ、確かに近いな」

「ほんとですか、マスター」

「うん。この丘の光景、見たような気がする。ほらここ、この真ん中。休けい所みたいなものがあるでしょう」

確かに信平が指さした先に、小さな屋根のようなものが写っている。

「これ、車で走ると遠くに見えるんだ。うん、間違いない。ここから、そうだなあ、車で二十分くらいかな」

「やっぱりそうですよね」

眼鏡の子が嬉しそうに言った。

「Ｇｏｏｇｌｅマップでだいたい見当つけて、そんなに遠くないと思ったんです。タクシーでも行かれるくらいじゃないかな、って」

「ええまあ、行かれますよ。でもこの写真のあたりは人もあまり住んでないし、タクシーの運転手さんにわかるかな。このあたりのタクシーはまだカーナビついてないですよ、ほとんど」

「このブログ主さん、どういう人なんでしょうか」

愛美はプロフィールの頁（ページ）を開いてみたが、記事の内容からすると少し意外なことに男性とある。他にはたいした情報は載っていなかった。ただ、その丘のだいたいの住所は書いてある。間違いなく、根古万知駅を中心としたエリアの中に含まれる一角らしい。

「肩書きは、自然愛好家、ですか。これだけじゃ何を生業（なりわい）にしている人なのかわかりませんね」

「でもこの丘が散歩コースなんだから、この近所の人でしょう？」

眼鏡の子が言う。

「ブログ読んでると、昼間は町に勤めに出ているっぽいですよ。コンビニスイーツに詳（くわ）しいし、ランチはいろんなお店で食べてるみたいだし」

「じゃ、柴山電鉄で通勤してるのかな、N市あたりに」

信平は首をひねった。

この光は何なのだろう。本当にUFOなのだろうか。

写真に付いていた文章を読んでみたが、UFOとかその類（たぐ）いのものだとは一言も書いていない。それどころか、それが何であるのか、何に見えたのかも書いていない。ただ、いつもの散歩コースで撮りました、とだけ。

「皆さんは、ＵＦＯを研究しているとかそういう」

愛美が言いかけると、三人は笑って否定した。

「さっき言ったように、いつも行き当たりばったりで旅しているんで、ｉＰａｄで検索してたら出て来たんで寄ってみようかなって思っただけなんです」

三人はしばらく写真についてあれこれ感想を述べていたが、列車の発車時刻が近づいたので帰って行った。

3

ブログの謎は気になったが、パートが終わる時刻になるまでそれ以上のことは信平と話す余裕がなかった。明日、また調べてみることにして、愛美はノンちゃんを迎えに駅に急いだ。

たまたま列車が到着する時刻だったので、多少の人だかりは予想していたが、駅前の様子には驚かされた。

数十人はいるだろうか、なじみのある顔もいるにはいるが、大部分が記憶にない顔ぶれだ。わざわざ列車に乗って、この終着駅までやって来た人たちらしい。まさかあの人たちがみんなノンちゃん目当て？　と半信半疑だったが、近づくにつれてそれが現実のことであるのにもう一度驚いた。

人だかりの中心は、外に置かれたベンチだ。そのベンチにノンちゃんを膝に載せた恵子が、にこにこしながら座っていた。

「写真はいいけど、フラッシュはだめよ。自動になってると勝手に光っちゃうから、先にちゃんとフラッシュ禁止モードにしてね。猫の目は光に敏感だからね、フラッシュ当てると目が傷んじゃうのよ」

笑顔のままで厳しくチェックし、注意する。

「触りたい人はちゃんと並んで。あんまり触り続けだとストレスでハゲちゃったりするから、悪いけど触れるのはあと十分ね。四時でおしまいよ」

「駅長のコスチューム、着せないんですか」

人だかりの中の誰かが訊く。恵子はきっぱりと言った。

「猫には服なんか必要ないの。猫ってのはね、毛繕いしないと死んじゃう生き物なのよ。毛についた匂いを舌で舐めて感じて、それでいろんな情報を得ているんだから。それに毛の表面でビタミンも作ってるのよ。服なんか着せたら毛繕いできないでしょ、猫に服着せるのは虐待なのよ。まあ記念撮影だの セレモニーの間だの、短い時間なら問題ないけど、普段はこのまま、このままがいちばん。ほら見てご覧なさいよ、こんなに綺麗な毛並みなのに、隠したらもったいないでしょ」

この人に任せておけば、ノンちゃんがひどいストレスにさらされる心配はないな、と愛美は安堵した。それにしても、なんて呑気な猫なんだろう。営業用なのか必死に笑顔を保ったままで、あれやこれやとノンちゃんを守るために奮戦している恵子さんの頑張りもどこふく風、猫は実に気持ち良さそうに目を閉じている。いちおう丸くはなっているが、どことなくからだが弛緩してぐてっと伸びている気がするのは、それだけリラックスしているということなのだろう。

恵子さんと目が合ったけれど、まずは駅に挨拶しなくては、とそのまま頭だけ下げて中に入った。

驚いたことに、駅舎の中もごった返していた。いつもは客の姿など見たこともない売店は、人の入れ替えをする余地もないくらい客で詰まっている。しかも、商品が並べられている台の上は、ほとんど売り切れて品物がない。残っているのはこの地方の特産品ではない、県内の他の地域の土産物ばかりで、それすらも客の手が次々と摑んで千円札と交換されていく。

ねこまち甘夏キャンデー、ねこまち甘夏羊羹、ねこまち甘夏ケーキ、さっき若い三人組が味見したけれどいまいちだった、と言っていた特産の菓子もすべて売り切れていた。地元の野菜を使った漬物や、山菜の水煮などの袋も、いつもは賞味期限が不安になるくらい動きがないのに、影もかたちもない。

愛美の目の前で、最後に残った商品も姿を消した。あとはガムやチョコレートなどが並べられている棚と、ペットボトルの飲み物が冷やされている冷蔵庫だけだ。

売店の奥で客をさばいていた田村千加が、残った客を追い出すようにして自分も外に出て来ると、ガラス戸を閉めて「改札外売店は閉店しました。ホームからはご利用いただけます」と書かれた札を下げた。

「すごいですね」

愛美が言うと、千加は大げさに頭を振った。

「もうびっくりよ。売店が忙し過ぎて、まだホームの灰皿の掃除、してないの」

「わたし、します」

「あらいいわよ、もうこっち閉めちゃったから。改札の中からは次の電車が来るまで買う人、いないし。というか、もう売るもんないしねー。パンまで売り切れちゃったわよ、メーカー品でどこでも買えるパンなのに」

それでも愛美は腕まくりして、千加についてホームに入った。事実上駅長が不在になってから、切符や運賃の回収は車内で行っているので、改札は素通りできる。掃除用具を借りて、小さな両面ホームの灰皿を掃除する。灰皿は二つ。

「いつもより吸い殻も多いわ。禁煙が当たり前のご時世でも、電車降りたらとりあえず一服しないと落ち着かないって人はけっこういるからねえ」

「猫が一日駅長するってネットに流れただけで、こんなに人が来るなんて嘘みたいですね」

「世の中、そんなに猫好きがいるのかしらねえ。まあこの駅の名前自体、猫好きで鉄道好きな人にはウケるんでしょうけど。でもね、愛美ちゃん」

千加は渋面をつくる。

「こんなの信じたらだめよ。どうせ一時のことで、すぐに飽きられちゃうんだから。前に駅名のことで、ここがねこ町だって話題になった時もそうだったもの。とにかくブームが一日でも長く続くように祈りながら、在庫一掃できたらそれでいいか、くらいに思っていないとね」

「新しい商品とか置いてみたりはしないんでしょうか」

「新しい商品？」

「ええ……今の在庫だけだとなんかインパクトが弱いかな、って」

「それって、本家のワカデンみたいにグッズ作るってこと？」

「いえあの」

「だめだめ、だめ」

千加は強い口調で否定した。

「今言ったでしょ、ノンちゃんの人気なんて週末の一日駅長が終わっちゃったらすぐに消えるのよ。グッズなんて大慌（おおあわ）てで発注したって二週間から三週間はかかる、でもできてくる頃には世間はもうこの駅に興味なくなってる。今度のノンちゃん騒動はパチンコで一回大当たりが出た、程度のものなの。いい気になってお金を注（つ）ぎこんだら稼いだ分の何倍も機械に吸いこまれる。ちょっと儲（もう）かったとこでさっと帰るのが賢いやり方よ」

千加の言っていることは正しい。猫の一日駅長程度のイベントで、この大赤字路線の忘れられた終着駅が復活するほど、世の中は甘くない。

千加は手際よくホームの清掃を終え、売店の中へと戻った。次の列車が着くまでホームに客はいない。千加が文庫本を広げて読み始めたので、愛美はノンちゃんのところへ戻った。

人だかりはまだ減っていない。というよりも、みんな次の列車の到着を待っているのだ。この終着駅から先は、家へと帰る地元民以外が目的とできるような場所などひとつもない。ただここに着いて、次の折り返し列車に乗って帰るだけ。

愛美はぐるっと駅前の小さなロータリーを見回した。ちょうど駅舎の正面に商店街の入口が見えている。が、中に入ってみるまでもなくそこがシャッタータウンだということがわかる。入口付近から既に暗く、シャッターの降りた店が見えているのだ。他には本当に何もない。左右に道が延びているが、数軒の民家の先にはもう畑の縁が視界に入っている。せめてコンビニでもあればな、と思うが、こんなところにコンビニを作っても採算はとれないだろう。むろん、この町にもコンビニはちゃんとあるのだが、コンビニもファミレスもレンタルDVDショップも、国道沿いに集中している。その中心にあるのが、大手スーパーチェーン店が展開するショッピングセンター。町の経済活動はほぼすべて、そのショッピングセンター周辺にまとまっている。だから町の人は鉄道に乗らない。車がなければ生活ができない。

たぶん、日本中のほとんどの「田舎」が、今はこうなってしまったのだろう。そして田んぼや畑が少しずつ削られるようにして姿を消し、その代わりにやけに立派な道路が切り裂くように地域を分断する。道路用地として農地を売却した人々は農業を辞め、売却して得たお金でちょっとした商売に手を出すが、最初はそこそこうまくいってもやがて大手スーパーが経営するショッピングセンターが建設されるとそれに呑みこまれて倒産、廃業。

立派な道路のきわには空家が点在するようになり、やがてそうした空家も買い取られてファミレスが乱立。いつのまにか、風情のあった故郷の道は、日本中どこにでもあるようなチェーン展開の店ばかりが並ぶ道路になる。

そこまで考えて、大きな溜め息が出た。

結局のところ、そのほうが便利なのだ。よその土地から旅行しに来た人ならば風情だ旅情だと好き勝手なことを言っていればいいけれど、過疎化していく地方の町で暮らしていく人々にとっては、都会の人が食べているのと同じものが食べられるファミリーレストラン、都会の人が着ているのと同じものを買って着ることができる大手衣料品量販店が新しくできることは、はっきり、喜びなのだ。

が、日本中どこにでもあるもの、しかない場所へは、誰もわざわざやっては来ない。この駅から徒歩で十五分も歩けば国道沿いのハンバーガーショップに行けるけれど、そんなところに行くためにこの駅に来る人は皆無だ。

どうしようもない、ジレンマ。

「愛美ちゃん」

恵子が手招きした。ノンちゃんはまだ膝の上だ。恵子の前に立っているのは、先日ホームセンターで会った香田慎一だった。

「売店忙し過ぎて、千加ちゃんキレてたでしょ」

恵子が笑う。

「売る物がなくなったから、外側の出入口は閉めちゃったみたいです」

「あらあ、まだ四時になったとこなのに。いちおうあの人、シバデンに雇われてて契約は五時までなのよ。だから売店も五時までは閉めたらいけないのよ」

恵子は笑いながら立ち上がり、猫を慎一の腕に抱かせた。

「わたしはパートだからね、今日は三時あがりだったからこの子とたっぷり遊べたけど」

「恵子おばさん、すごいですよ。ノンちゃんのマネージャーみたいでした」

「何言ってるのよ、慎ちゃん。猫ってのは案外デリケートな生き物なんだから、こんなにたくさんの人に好き放題触らせてたら、すぐに神経症になって毛が抜けちゃう」

「本当にありがとうございました」

愛美がノンちゃんを受け取ろうとしたが、慎一は離したくないのか、猫を抱いたまま動こうとしない。愛美は思わず苦笑した。この猫は不思議な猫だ。なぜだか誰もがこの猫を抱いたら離したくなるらしい。

「そろそろ帰ります」

「僕、送っていきます」

　慎一が言う。愛美は慌てた。

「いえ大丈夫です、ここから歩いてすぐですから。キャリーを持って来てますから」

「けっこう重たいですよ、ノンちゃん」

「ええでも、今朝もひとりで連れて来ましたし」

「このまま抱いて歩いたら危ないかなあ」

　慎一はどうしても猫と離れたくないらしい。

「ハーネスの紐、腕に巻き付けてるし大丈夫ですよね。十分くらいでしょう、歩いても」

「え、ええ……」

「商店街抜けて行きましょう。商店街は滅多に車が通らないから安全です」

「でも、遠回りで」

「そんなに違いますか？」

「……五、六分は」

「じゃ、行きましょうよ。商店街の人たちにもノンちゃん、見せてあげましょう」

　愛美が困惑していると、恵子は笑って、いいから一緒に帰りなさいよと言った。愛美は仕方なく、空のペットキャリーを提げて慎一と並んで歩いた。この人、かなり強引というかマイペースよね。でも悪気はなさそうだけど。

実際、慎一は猫に夢中なだけ、という感じで、愛美の顔もろくに見ず、もっぱらノンちゃんに話しかけながら歩いて行く。それでも愛美は、失礼な態度だとは思わなかった。むしろ有り難いくらいだったのだ。先日初めて挨拶を交わしたばかりなのに、ずっと昔からの友人、あるいは幼なじみか何かのように、気をつかわずにいられる気がする。それがこの人の長所なのだろう。

「ほんとに猫、お好きなんですね」

愛美が半歩後ろから声をかけると、慎一はやっと振り向いて愛美の顔を見た。

「あ、すみません！　僕、ノンちゃんに夢中で、なんか島崎さんに失礼でしたね」

「いいえ、いいんです」

愛美は心からそう言った。そう、そのままでいい。猫に夢中のままでいてくれたほうが気が楽だ。

「わたしのことは気にしないでください」

「いやいや、ほんとすみません。でも僕、特に猫が好き、というわけでもないんですよ。生き物はなんでも好きですが、まあ普通に動物好きな程度で。なんか不思議なんですよねえ、ノンちゃんだけは特別って気がして」

「特別ですか、その子」

「ええ、そう思います。こんなに物おじしない猫って滅多にいないですよ。今日も朝からずーっと、恵子おばさんに抱かれてアイドルしてたんですよ。なのにまったく不機嫌にならない。おばさんが出した餌もぺろっと平らげて、見知らぬ人に触られてもいつも目を細めてゴロゴロ気持ち良さそうだし。恵子おばさんに聞いたんですが、車に乗せても平気だったんでしょ？」

「ええ……幼い頃から車に乗り慣れていないと、たいていの猫はだめですよね」

「そうですよ。実家でも猫を飼ってましたが、動物病院まで連れて行くのが至難の業でした。とにかく車が大嫌いで、キャリーケースに入れて乗せても到着するまでぎゃあぎゃあ鳴きっぱなしですよ。一度、そんなに車が嫌なら自転車ならどうだろって、ケースを荷台にくくりつけて僕が自転車で運んだことがあるんですが、車より嫌だったみたいですごい騒ぎになっちゃって、とんでもない声で鳴き喚き続けて、なんかサイレンでも鳴らしながら走ってるみたいで、すれ違った人みんなから睨まれましたよ。動物虐待してんだろ、みたいな顔で」

愛美は噴き出した。サイレンのような猫の騒ぎ声と共に必死で自転車を漕ぐ慎一の姿を想像してしまった。

「やっぱこの猫は、根古万知駅の救世主になるべく天からつかわされた、って気がするなあ。だってまだ駅長に就任したわけでもないのに、一日駅長するって噂がネットに流れた途端、あの騒ぎでしょ。売店の売り上げなんか信じられないくらいで。ノンちゃんは本物の招き猫なんだと思います。福を招く、招き猫です」

「そう思いたいです、わたしも。でも……さっき田村さんが言ってらしたんですよね。前に駅名がねこ町だからって話題になった時も、ほんの一時的には人で賑わった。でもすぐにブームは去ってしまったって」

「ああ、確かにそういうこともありましたね。しかしあの時は、駅名だけでしたからねえ。今度はノンちゃんってアイドルがいるし」

「でも、二番煎じ、三番煎じですよ。和歌山電鐵のたま駅長のような、地域をあげての取り組みというわけでもないし」

「今のシバデンにあそこまでやる体力はないですからねえ」

「田村さんと話していて考えたんですけど」

愛美は慎一に話すというより自分の頭の中にあるものを整理したくて口にした。

「要するに、駅を降りてからすることがない、それがいちばん問題なのかな、と」

「まあそれはそうですね。さっきも、ノンちゃんに会いに来た人たちはみんな、一時間退屈そうでしたから。シバデンは到着したら五分で折り返しですから、ノンちゃんと遊びたい人は折り返しで帰れない。次の電車は一時間後ですからね」

「せめて一時間、退屈しないで駅前で過ごすことができたら、来てくださった人たちも喜んでくれますよね」

「ええ、それはきっと、喜びますよ。でもなあ、ほら、この商店街じゃ一時間を潰すのって、きついでしょ」

　慎一は、シャッターが降りた店舗を視線で示した。

「島崎さんのお父さんのラーメン屋さんでラーメン食べて、島崎さんが働いてらっしゃる喫茶店でコーヒー飲んで、それでも一時間は持て余しますよね。まあコーヒー飲みながらおしゃべりすれば、女性ならそのくらいあっという間だろうけど」

「ラーメンとコーヒーなら、わざわざここまで来なくてもいいでしょう」

「そりゃそうです。でも、他に何かありますか？　あとは、地元の人が買い物するスーパーと文具店と……うーん、いずれにしても、観光客が喜ぶような店はないわけで」

「わたしもアイデアがあるわけではないんです。でも、駅名の時もノンちゃん騒動も、一時的であれちゃんと人は来てくれたわけでしょう。つまり、ここって、来たくても来れない秘境、ってわけじゃないんですよね。来ようと思えば東京からだって大阪からだって、来ることができるんです。なのに、来てもすることがない。だから一度来た人は二度とは来ない。一時的なブームが去れば、誰も来なくなる。……もし、ここに来て何か楽しめるものがあれば……」

にゃおん。

不意に、ノンちゃんが鳴いた。空を見上げるように首を伸ばし、何かに向けて呼びかけたように聞こえた。

「あれ、鳴いた。ノンちゃんってほとんど鳴かないのかと思ってたけど」

「何かいるのかしら……アーケードの上に」

愛美も思わず上を見る。夕暮れが近づいて、半透明なアーケードを通して見える空が茜に染まっている。

「UFOだったりして」

「え？」

愛美は驚いた。

「香田さん、知ってらっしゃるんですか、UFOの丘のこと」

「え、あれ？　ということは、島崎さんも知ってるんですか。なんだ、けっこう有名な話なんだな」

「いえ、知らなかったんです、今日まで。ランチタイムにお店に来た観光の女性たちが、インターネットで話題になっているって教えてくれて」

「あ、そういうことですか。実は僕も、今日初めて知ったんですよ。地元の話なのにどうして今まで耳に入らなかったのか不思議で。ノンちゃんに会いに来た観光客が、恵子おばさんに訊いたんです、UFOの丘ってここから遠いんですか、って。もちろん恵子おばさんもまったく知らなくて、びっくりして、それで何のことなのか説明して貰ったんです。僕のスマホでもブログは読めたけど、あの写真、本物なのかなあ」

「合成か何かだと？」

「ええ。Ｐｈｏｔｏｓｈｏｐがあればあのくらいは簡単に作れますよ。ただ、なんであんな写真を合成してブログにアップしてるのか、その点がわからないですけど。何度も記事を読んだんですが、あの写真については説明がないんですよね。ただ散歩道で撮った、とあるだけで。なんかあのブログ、妙な感じがして」

「……妙というと？」

「一貫性がないというか……ほら、コンビニで買えるデザートの話とか、最近観た映画の話とか、よくあるＯＬさんの自分語りブログかと思ったら、トップにあんな写真があがってる。しかも、このあたりで暮らしてるみたいな書き方でしょう、散歩道、なんて。まあこのあたりからでもN市に通勤してる人はたくさんいますから、会社帰りに映画観たり、ランチタイムはコンビニでいろいろ買ったりってできますけどね、なーんか、ちぐはぐなんですよね。まるで……書き手が二人いるみたいで。OLさんの自分語りの部分と、例の変な光るものが写ってる散歩道の部分、違う人が書いてるって印象を受けたんです」

「つまり、誰かのブログをのっとってるとか」

「いやそんなハッキングみたいなことしなくても、あれはいわゆるレンタルブログですから簡単ですよ。ああいうレンタルブログは、webから直接書きこみができます。つまり、書きこむ時に必要なIDとパスワードを知っていれば、誰でも同じブログに書きこめるわけですよ。実際、数人でひとつのブログに書きこんでる人たちはたくさんいるでしょ」

「でも、どうしてそんなこと」

「ええ、理由はまったくわかりません。いったいブログ主は何がしたいのか、誰に読ませたくて書いているのか……ただ、あの写真のインパクトはけっこう大きかったことは確かですね。実際にUFO関連のいくつかのサイトでは、あのブログにリンクが張られていました。ブログ主は一言もUFOだなんて書いてないんで、写真が合成だったとしても責められる筋合いじゃないですが、けっこう国内のＵＦＯマニアは真偽についていろいろと論争してますよ。実は今回、ノンちゃんが一日駅長になるって噂がネットに出てすぐに人があんなにやって来たのは、ＵＦＯの丘、との関連がｔｗｉｔｔｅｒとかで話題になったのも理由なんじゃないかな、と思うんです」

4

福々軒に客の姿はなかったが、さすがに飲食店に猫を連れて入るのは躊躇われたので、愛美は店の外からカウンターの中の父に手を振った。

「こちら香田さん。塚田さんの甥ごさんで」

「香田慎一です」

慎一は威勢良く頭を下げた。

「塚田さん、って、売店の恵子さんのかい」

「はい、恵子おばさんは僕の母の妹です」

国夫は空を見るように頭を上げてから、ああ、と言った。

「そうかあの、陽子さんの……そうかい、あんたが……いや、すごく小さい頃にここに食べに来てくれたことがあるんやが、憶えとる？」

「なんとなくぼんやりとですが。でもなんか、ラーメン屋さんじゃなかった気が」

　国夫は相好を崩した。

「そうや、よう憶えとるなあ。あの頃はまだ俺の父親も生きてて、定食屋やっとった。父が死んだ時、思いきってラーメン屋にしたんや。そうかあの時の子か。いや大きくなったなあ」

「図体ばかりでかくなりました」

「あんた、確かカメラマンとか」

「はい、カメラ持って飛び回ってますが、売れてないので始終ぴーぴーです」

「こっちに戻って来たんかい」

「いえ、次の仕事まで少し時間があるんで、ちょっと……母の顔を見に」

「……陽子さん、どんな具合？」

　慎一は少し表情をくもらせた。

「……あまり、いいとは……ただもう、あの病気は治るってことはないらしいので、進行が少しでも遅くなってくれるように祈るだけですね。初めのうちは薬がよく効いて、日常生活が普通におくれるくらいになっていたらしいんですけど、また最近薬の効果が出なくなっちゃったみたいで。今は、機嫌がいい時はいくらか会話もできますが、たいがいは人と話さずにぶつぶつ独り言を言っているようです」

「そうかい。……俺も見舞いくらい行ってやりたいんだけど、行っても俺が誰かわからないんじゃなあ。かえってイライラさせちゃうだろうしなあ」

「すみません、気をつかっていただいて」

　二人が店を離れたのと同時に、顔見知りの客が福々軒に入って行った。毎日閑古鳥が鳴きっぱなしのような国夫の店にも、常連客というのはいる。

「今度ノンちゃんが一緒じゃない時に、島崎さんのラーメン食べたいな」

　慎一が笑顔で言った。愛美は、どうしても苦笑、のような笑顔しか作れそうにないことに困りながら答えた。

「あんまり美味しくないいんですよ」

「そうなの？」

「はい。久しぶりにこっちに戻って食べてみて、前よりだいぶ味が落ちたな、って。もっとも前からそんなにすごいラーメンじゃなかったんですけどね。ちゃんとしたラーメン屋さんで修業したわけでもなく、定食屋で出していた何の変哲もない中華そばをちょっとだけあぶらっこく改良した程度のラーメンでしたから。それでも、やっぱり前のほうが美味しかったな」

「僕が母に連れられてあそこに行った時はまだ、定食屋さんでした」

「わたしには定食屋の記憶って、ないんです。物心ついた頃にはもうラーメン屋で。小さな家でしょう、二階に二間と台所があるんですけど、そこで暮らしていたので一日中、ラーメンのスープを煮出す匂いが家中に漂っているんです。だからわたしの子供の頃の想い出にはたいてい、その匂いも一緒に閉じこめられてます」

「ラーメンの匂いのついた想い出、か」

慎一は楽しそうに笑った。

「なんかいいなあ」

「思春期の女の子にとっては過酷でしたよ」

愛美も笑った。

「中学生の時は、あの重たいセーラー服だったから、ほんとに匂いが染みこんでしまうんです。セーラー服って自宅で洗濯するの難しいんです。スカートのプリーツとか、素人には綺麗にアイロンかけられないし。でもクリーニングなんてもったいなくて、衣替えの時くらいしか出せないじゃないですか。仕方なく毎日、固く絞ったタオルで水ぶきしてました。特に朝、登校する前には念入りに。だってからかわれるんです、ラーメン臭いぞ、って。高校に入ってもっと神経質になっちゃって、ブレザーもスカートも帰宅するとすぐ脱いで、家の匂いがつかないようにビニール袋に入れてました。朝はぎりぎりまで着ないで」

「それは大変だ。女の子って、いろいろ頑張るなあ」

「ほんと、十代の頃ってそういうの、すごく頑張っちゃうんですよね。ちょっと思い返すと恥ずかしいのと同時に、あの頃の自分が羨ましいです。今は、そういうの、まったく頑張らなくなっちゃった」

まだやっと六時になるかならないか、のはずなのに、商店街の店はみなシャッターに閉ざされていた。『福々軒』と『風花』の他は開いている店が一軒もない。かろうじて営業を続けているはずのスーパーは定休日で、文具店は五時で閉店らしい。

まるで、死者の町。

ゴーストタウンだ。

「子供の頃はまだ、けっこうお店が開いていたんですよね」

なんとなく涙が出そうな思いを振り払って、愛美は言った。

「夕方になると買い物客が増えて、そこそこ賑やかになったんです。そんな賑やかなここを歩くのが大好きで、学校から帰ると目的もなく、このアーケードの下を行ったり来たりしてました」

「僕は自宅が隣駅だから、この商店街にはあまり来たことなかったなあ。あ、でも、ほら秋になんかお祭りしていたでしょう。あれには何回か来ましたよ」

「いったいブログ主の目的は何なんでしょうね」

「それが気になるよね」

商店街を歩きながら、二人はいろいろと推測を並べた。

慎一が足をとめ、愛美の方を見て言った。

「いっそ」

「探しに行ってみませんか、UFOの丘」

「でも……見つけてどうします？　ブログに写真をアップしているだけですから、犯罪でもないし誰かに迷惑をかけているわけでも……」

「もしあの写真が合成ではなくて、ブログ主が本当に目撃し撮影したのだとしたら、UFOの丘はちょっとした観光地になれる可能性があるでしょう。少なくとも、わざわざUFOの丘を訪ねて来る観光客というか、まあそっちの方面に興味のある人たちは期待できますよね。ほら、あなたも言ってたように、この町には駅を降りてからちょっと寄って楽しむ観光名所がひとつもないんです。せっかくこの子のおかげで駅まで来てくれる人がいても、結局、次の列車で帰るしかない。今の柴山電鉄の経済的体力では、あの駅にいろんな施設をつくるのはまず無理です。今のままでは、ノンちゃん目当てに来た人がいても、その人たちが友人や知人に何と報告するか、容易に想像できますよね。なんにもなかったよ。それでおしまいです。時間潰すのが大変だった。駅はつまらなかった。駅前にも何もなかった。それを聞いた人は、なんだ何もないのか、猫の駅長だけ見に行ってもつまんないな、となるでしょう。シバデンが駅にお金をかけられないのなら、駅の外に何か用意するしかない。でも、唯一の客が呼べそうな施設はこの商店街で、それがこんな有り様です」

　慎一は片手で、シャッターばかりの通りを示した。

「この商店街を改装して、人がたくさん集まる商店街にすることなど、駅をどうこうするよりも難しい。不可能です。でもノンちゃんがせっかく集めてくれる観光客に、せめて駅以外ひとつくらいは話のネタになる経験をして貰うとすれば、何か考えないといけない」

「それが、ＵＦＯの丘、ですか」

「僕自身は、この町の空にＵＦＯが飛んでるなんて信じてません」

慎一は笑った。

「この広い宇宙には、生命のいる星があるだろうことはもちろん否定しませんし、その中には人間のような知性のある生物もいるかもしれない。宇宙船で航行ぐらいしているかもしれない。それも否定はしません。でもそのことと、未確認飛行物体がこの町の上空を飛び回ることとは問題が別です。そんなものが頻繁(ひんぱん)に飛び回っているなら、僕たち住民が気づかないはずがない。住民が誰も知らない、噂すら聞いたことがないなんて有り得ない」

「そうですよね。おかしいですよね」

「UFOの丘は、インターネットの中にしか存在していないのだと思います。そもそもブログ主はあれがUFOだなどと一言も書いていませんし」

「でもそれじゃ、ブログ主を突き止めたとしてもUFOの丘が観光地になる可能性はありませんよ」

「ええ、でももし本物だったら」

「だって、信じていらっしゃらないんでしょう」

「ネス湖の怪獣と同じです。あるいはもっと身近で、富士五湖の本栖湖(もとすこ)にいるとされるモッシーでもいい。写真が合成ではない、つまり写真自体が本物なのであれば、写っているのが本当は何であるか突き止められるまでは、充分に客寄せができる、ってことです。偽(にせ)

物だと完全に否定されるまでは、どれほど嘘臭いものであっても、好奇心を刺激することができるんですよ。世界中にはそうした類いの謎の生物や、奇蹟の場所が数多くあり、どれも観光地として人気になっています。まずはブログ主を突き止めて、写真が合成なのかどうかそれを確認して、もし合成ではないとしたら、自然現象で説明がつくかどうか検証します」

「簡単に説明がついちゃったら？」

「それならそれで、話題にする方法はあります。まるでＵＦＯのように見えるなんとかかんとかが見られますよ、というのはいちおう、惹き文句にはなりますから」

愛美は思わず、クスクス笑った。

「なんだか香田さん、この町の宣伝係みたいです」

慎一も笑いながらうなずいた。

「いや、役場が雇ってくれるなら宣伝係になってもいいと思ってますよ。僕はね、この町が、このねこ町が、このますたれてしまうのがすごく残念なんです。確かにこの町にはもう、未来はないのかもしれない。今さらここがＮ市並みに発展するなんてことは、どう考えても有り得ません。世の中がどうかなって再び石炭が日本のエネルギー産業の中心になる日が来るならともかく、もともと炭坑以外に産業のない土地ですから、あとはみかん農家を中心にした農業があるだけで、それも輸入柑橘類と勝負できるだけの生産力はありませんから、この先規模が拡大する見込みはない。ねこまち甘夏だけではね、細々と続けていくのが精いっぱいでしょう。しかも日本中の田舎同様、農家はほとんど兼業で跡継ぎがいません。子供たちは成長すると都会に出てしまい、滅多なことでは戻って来ない。どこからどう見ても、この町とこの地域は、次第に過疎化が進んでいく運命なんです。でもだからと言って、僕の目の前で荒廃していくのは我慢ができないんですよ。地元を離れて放浪生活のようなことばかりしている自分が、こんなこと言う資格がないのは充分にわかっているんですが、だからこそたまに地元に戻って来ると、前に戻った時より一層荒廃しているように思えていたたまれないんです。いや、荒廃というのは言いすぎかもしれませんが」

慎一が荒廃という言葉をつかいたくなるのも無理はない、と愛美は思った。今歩いている商店街のさびれようは、まさに、荒廃だ。ほとんどの店にシャッターが降りているというだけではなく、そのシャッターは汚れと落書きで見るも無残な有り様だし、人が暮らしているはずの二階の窓は、どの家も揃って真っ黒だ。真っ暗なのではなく、真っ黒。雨戸に閉ざされて光すら漏(も)れては来ない。

昔は町民の自慢だったアーケードも、その屋根はぼろぼろでいくつも穴が開き、以前は年末の大掃除の時に業者を頼んで洗っていたらしいがそれもここ数年はやっていないのか、上に積もった埃で真昼でも薄暗い。しかも昼間の光の中で見上げると、どこからか飛んで来た洗濯物や段ボールなどがのっかったままで雨ざらしになり、汚く黒ずんでいるのが透けて見えてとても見苦しい。

足下に目をやれば、通りの中央に敷き詰められていた飾りタイルはほとんど剝がれてでこぼこになり、路面もろくに補修していないので穴だらけだ。そこに描かれていた花の柄も、薄く掠れて今ではもう、ただの汚れと区別がつかない。

街灯だけはかろうじて点ってはいるけれど、大正モダンを意識したらしいガス灯風のデザインなのに、電球を覆うカバーが割れたままのところが何ヶ所もある。

「この路面をきれいに直し、アーケードを張り替え、街灯を修理するだけの費用はもう、商店街の予算では工面できないでしょうね。かと言ってこのまま放置していれば、ますますみっともないことになります。シャッターの落書きがどんどん増え、街灯はひとつまたひとつと割られていきます。地元の不良少年たちにとっては、こんな商店街はゴーストタウンと同じです。彼らが生まれた頃すでに商店街は衰退し、彼らはここで買い物をした記憶がない。幼い頃から親に連れられて行くのは、国道沿いにある大型スーパーやショッピングセンターばかりで、こんな商店街で買い物をする経験など持たずに育った。だから何の愛着もなく、破壊することに罪悪感もないんです。もしかすると、ここにまだ誰かが住んでいる、ということすら、彼らは知らないのかもしれない。落書きしたり街灯に石を投げたりする彼らばかりを責められないですよね。ここが荒廃していくのを、金がないことを理由に放置しているんですから、見殺しと同じです」

「いつかはこの商店街も、なくなってしまうんでしょうか」

「どうでしょう。しかしこのままゴーストタウンにしておくわけにはいきませんから、やがてはどこかの企業にまとめて売却する話が出るのかもしれません。しかしそれだって、手をあげてくれる企業があるかどうか。駅前の一等地とは名ばかりで、その駅自体に乗降客があまりいない。人が大勢利用するターミナル駅の前なら大型ショッピングモールを作ることもできますが、こんなローカル線の終着駅ではそんなものを作っても無駄ですからね。しかも更地（さらち）ならともかく、建物だけはかなりの数がある。これを全部取り壊すだけでもけっこうな費用がかかります。地権者は複数で、現在営業中の店に対しては補償や立（た）ち退（の）き料の問題も出て来ます。まあ普通に考えて、タダでも手を出さない場所かもしれません、まともな企業なら」

「でもこのままにしておくわけにはいかないですよね」

「いずれは、建物を取り壊して土地を何かの施設に転用するという話が出るでしょうね。

しかしなにぶんにも商店街ですから、道路の部分を合わせても細長くて使いみちの限られる形ですし。おそらくは、分売して建売住宅を並べてという方向になるんじゃないかな」

「住宅の需要なんかあるのかしら」

「N市のベッドタウンとしてなら、再開発の見込みはあります。N市から乗換えなしの一時間弱ですから、価格をうんと安く設定すれば購入したいと思う人はけっこういるはずです。駅前の住宅地なら、通勤には楽ですからね」

「でもそうなると……町が変わってしまいますね」

「小綺麗な建売住宅がきちんと整列した、可愛いベッドタウンになるでしょう。昔からの住人は姿を消し、サラリーマン家庭が主な住民になり、駅前にはコンビニのひとつもできるでしょう。しかし彼らは買い物は地元でしません。車で十五分も行けば大型ショッピングセンターがあります。車を持たない、車を利用できない人はもっと便利な町に越すしかない。でもそれだって、最高にうまくいっての話、ですよ。何もここまで来なくても、シバデンの沿線には似たようなベッドタウンがすでにいくつもあります。通勤時間はできるだけ短いほうがいいわけですから、N市に近いほど人気が出ます。終着駅は当然ながら、人気薄です。でもまあ、始発駅と考えたら座って通勤できる、というのはいくらか強みかもしれない。ベッドタウン化が成功すれば、ニーズに合わせて少しは他の建物も建つでしようね。スーパーマーケットとかファミレスなんかは、増える可能性もあります」

「いずれにしても、わたしたちの知っている町は残らない」

「ええ、残りません。この商店街は、ノンちゃんに象徴されるねこ町、ねこという字を書くほうが似合う古い町の、いわばシンボルだと思うんです。ここがなくなれば、ねこの町も消える。僕たちが故郷だと思っている町は、どこにも存在しなくなる」

商店街が終わり、アーケードの外に出た。まだ雲が多いのか星も月も見えない。

その先に農協の建物があり、三階建てのビルが見えていた。半数ほどの窓にまだあかりが点いている。

「UFOの丘なんていかにもあざといけど、それでもわずかの間でいい、この町に観光客が呼べる可能性があるなら、僕はやってみたいんです。さっき役場で雇ってくれるなら宣伝係をやりたいって言いましたよね。実はもう何度も、役場には売りこみに行っているんですよ。せっかく広報課があるんだから、そこでいろいろできるんじゃないかって企画も立てて。僕のギャラなんかいらない、無給でいい、カメラマンとしての仕事もする、撮った写真も著作権ごと提供する、そこまで申し出ても、検討します、という返事しか貰えなかった。はっきり言って、役所にはもうこの町を再生させる気なんかないんです。どこかの住宅デベロッパーから宅地開発の話が舞いこむのを待っているだけです。予算がないというのを言いわけに、何もしたくないんですよ。今の町長はシバデンの経営者一族の縁者です。彼は、シバデンの赤字を減らして合理化を進めるには、根古万知駅を無人駅にするほうがいいと思っている。仮にここが宅地開発されてベッドタウン化できれば、利用客は通勤定期を持ったサラリーマンばかりになります。彼らはただ定期を出して電車に乗るだけですから、自動改札があれば駅員なんて不要です」

「せっかくノンちゃんが駅長になっても、駅員さんがいなくなっちゃったら寂しいですね」

「ノンちゃんはあくまで一日駅長さんですからね」

慎一は、抱いたままの猫に軽く頬ずりした。ノンちゃんは鷹揚にゴロゴロと喉を鳴らしている。

「この子のことも、僕はシバデンの本音というか狙いをちょっと疑っているんです」

「狙いを……ですか」

「ええ。なんで今さら猫の駅長なんでしょうか。電鉄の広報課職員の、いい加減な思いつきなんでしょうか。しかしそれにしては、決裁が早過ぎます。ノンちゃんが駅にいるようになってすぐに一日駅長の企画が通ってしまったわけですから。まああの会社は、全体でもそんなに人数がいるわけじゃないんで、広報課も課長さんの下に契約社員が一人二人いるくらいのもんだとは思いますがね、それにしても今回の電鉄の動きは速すぎました。これってもしかして、いよいよ根古万知の再開発、ベッドタウン化に向けた動きがスタートした、ってことなんじゃないかと僕、思ってるんですよ。ノンちゃんのことを新聞記事にして貰ったりネットで話題にして貰うことで、町の名前が世間に知れる。さらには、猫が安心して眠れる町、なんてのをキャッチフレーズにして、将来的に売り出す時のイメージアップにもなりますから」

猫が安心して眠れる町、か。

愛美は、それも悪くないのかな、と思った。どのみちもう、この町がこれ以上活気づく未来などないのだから、それよりは、穏やかな眠りの町として売り出すほうがいいのかも。

でもそうなると。

愛美は今出て来たアーケードを振り返った。

この商店街は消えてなくなる。父のラーメン屋も。わたしの想い出も。

「香田さんは、ベッドタウン化には反対なんですね」

「反対です」

慎一はきっぱりと首を振る。

「いや、ベッドタウンにすること自体に反対というより、その前にもっとできることがあるんじゃないか、それは最後の手段だと思ってるという意味で反対なんです」

「その前にできること……そんなものがあるんでしょうか」

「できる、とみんなが思えばありますよ。今はみんなが諦めてしまってる。でもここにずっと住んでいたい人は多いんです。ベッドタウン化と簡単に言っても、それは町全体を宅地開発業者たちに売り渡すことで、昔からの住民はみんな立ち退くことを意味します。ここを出て行くことになるんです。そうしないときれいに区画整理された整然としたベッドタウンはできませんからね」

「父は……出て行かないと思います」

「ええ。他にも反対の人は多いでしょう。でも、賛成して出て行く人が少しでもいれば、あとは時間の問題なんです。僕は、そうなる前にやれることがあればやってみよう、とみんなに思って貰いたい。なんていうのかな……僕が我慢できないのは、この町の人たちに覇気というか、やる気、みたいなものがまるでなくなっちゃってることなんですよ。時代の流れには逆らえない、それは真実かもしれない。でもね、本当に逆らえないのかどうか、一度逆らってみたらどうだ、って言いたいんです。石炭の需要がなくなって炭坑が閉鎖されたことで、この町はいわば死刑宣告をされてしまった。でもそのあとも、高度成長期やバブル経済や、何度か活気が戻ったことはあったんです。もう一度ここに活気を戻すことは、本当に不可能なんだろうか。ねこ町は復活できないのだろうか。僕は……しばらく日本に留まって、試してみたい。ねこ町が復活できるかできないか、やってみたいと思っているんです」

三章　UFOの丘

1

ノンちゃんの人気は日に日に増していた。今では愛美が駅にノンちゃんを迎えに行くと、集まっていた人々がちょっとがっかりした顔になるほどだ。まだノンちゃんがこの町に現れて一週間も経ってないのに、町の住民の大半が一度はノンちゃんを見に来ている。

前日の土曜日には、一日駅長用の特製駅長帽も届いた。大急ぎで作ったので制服までは間に合わなかったようだが、猫に服を着せるのはあまり好きではないので、帽子だけで充分だと愛美は思う。帽子は少し大きかったが、マジックテープで優しく止める工夫がしてあったので、ノンちゃんの頭にフィットさせることができた。いちおう、柴山電鉄の正式な駅長帽そっくりのミニチュア版で、鉄道グッズのマニアが見たら欲しがりそうだ。柴山電鉄の広報課職員の、奥様の手作りらしい、という話は微笑ましい。よく見ると確かに、縫い目は手縫いだった。それだけ予算も厳しいのだろう。

ノンちゃんが一日駅長をつとめる当日は、県内の新聞社が取材に来ていた。鉄道マニアなのか猫マニアなのかはわからないが、朝から県外からの来訪者も詰めかけているらしい。愛美がノンちゃんを入れたペットキャリーを抱えて駅に到着した時には、駅前の広場が人でぎっしり埋まっていた。

ノンちゃんの性格からして特に心配はしていなかったけれど、それでも集まった人たちが手に手に携帯電話を持ち、何人かはデジカメのフラッシュをたいたのには驚いた。携帯電話のカメラはシャッター音が大きく、数十人が一斉にシャッターを切る音はかなりすさまじい。

「ごめんなさい、猫の目に悪いのでフラッシュはたかないでください。お願いします」

幸い、愛美がそう言うとフラッシュは光らなくなった。ノンちゃんは大勢の人間にもカメラのシャッター音にも驚く様子はなく、ただ、なんとなく面白がっているような目で人々を見つめている。

ほんとにこの子、信じられないくらい悠然としているなあ。いったいこれまで、どんな生活をしていたんだろう。

　セレモニーが始まり、ノンちゃんは愛美の手から柴山電鉄の重役さんの手に移されたが、鳴くでも暴れるでもなくおとなしくしていた。電鉄関係や役場関係の人の祝辞が続き、やがて、駅長席、と書かれた台が運ばれて来て、その上に取り付けられたゆりかごのようなかごの中にノンちゃんがおろされた。万一の時のために、ノンちゃんの首輪には長いリードが結ばれ、そのリードの端は愛美が握ったままだったが、ノンちゃんはまるで最初からそのつもりでした、と言うようにかごの中に収まり、行儀良く前足を揃えて座って、サービスのつもりなのか、たった一声、にゃあ、と鳴いた。

　歓声があがり、一斉にまたシャッターが切られる。

　柴山電鉄の社長が、大げさに辞令を取り出して読み上げ、それをノンちゃんの座るかごの中に入れた。ノンちゃんはまた、何もかもわかっていますよ、というふうに前足をちょこんと、辞令にのせる。歓声、シャッター、笑い声。

「ノンちゃんとの生活はいかがですか。ノンちゃんはおうちではどんなものを食べているんですか」

　目の前につき出されたマイクに、愛美は我に返った。いつのまにかセレモニーが終わり、地元のローカルテレビ局の取材班が愛美を取り囲んでいた。

「ノンちゃんは以前はどんな暮らしをしていたんですか。野良猫ですか」

「いつもこんなに落ち着いているんですか」

「お気に入りのキャットフードはありますか」

「ノンちゃんという名前の由来を教えてください」

愛美は矢継ぎ早の質問に言葉を詰まらせたが、小さく深呼吸して答えた。

「ノンちゃんがどこから来たのか、前はどんな暮らしをしていたのかはまるでわからないんです。この町の方がノンちゃんを保護して、それを縁あってわたしが飼わせていただくことになったんですけれど」

「じゃ、前は野良猫だったのかどうかも」

「はい、わかりません。ただ、ご覧のようにとても人懐こくて人間を警戒しませんし、初めて見た時も汚れていなくて、毛並みも綺麗で、獣医さんに診察していただいたところ健康でノミもいませんでした。ですから、屋外で野良猫として生活していた可能性は低いと思います」

「誰かの飼い猫だったんでしょうか」

「もしかするとそうかもしれません。飼い主の方がいらしたら名乗り出ていただくよう、貼り紙などはしていますし、交番にも届けてあります。ただ保護した時には首輪はつけていませんでした。今のところ飼い主だと名乗り出る方もいらっしゃいません」

「駅長さんとして人気者になったら、飼い主だと言い出す人もいるかもしれませんね。本物の飼い主なのかどうか、見分けられますか」

愛美は不躾な質問に思わずインタビュアーの顔を見たが、落ち着いて答えた。

「実は、ノンちゃんにはちょっと見ただけではわからない特徴があります。本当の飼い主の方でしたら、その特徴を知っていらっしゃるはずですので、大丈夫だと思います」

「そうですか。それは安心しました。じゃ、嘘をついて名乗り出てもだめですよ、ということですね」

「はい」

「ところでノンちゃんは何歳なんですか」

「獣医さんの診察によれば、七、八歳くらいではないかと」

「どんなものを食べているんでしょう」

「好き嫌いなく、どの銘柄のキャットフードでもよく食べてくれます。白身のお魚を茹でたものや、鶏肉を茹でたものも好きみたいです」

「いつも今日のように落ち着いているんですか」

「はい、いつもこんな感じです。本当に、驚くほどものに動じないというか、怯えたり騒いだりしたことは飼い始めてからまだ一度もないんです。とても飼いやすい、頭のいい猫だと思います」

「トイレなどは」

「最初から失敗せずにしてくれました」

「先ほどの質問なんですが、ノンちゃんという名前はどなたが?」

「あの……わたしです」

「名前の由来を教えていただけませんか」

「たいしたことじゃなくって。……名前を何にしようかと考えていた時に、伸びをしたんです。とても気持ちよさそうにながーくなって。それを見ていて、のびのびしてるなあ、あ、ノンちゃんでいいかなと。そしたらこの子が、それでいいよ、と返事でもするみたいに鳴いてくれたので決めました」

「気に入ったんですね」

「ええ、そうだといいんですけど」

「これからも駅に連れて来るおつもりですか」

「……できれば、もっと落ち着いた暮らしをさせてあげたほうが、とも思うのですが、今のところはノンちゃんも駅での毎日を楽しんでいるようですので……」

「一日だけではなくて、いっそ本物の駅長に就任させたらどうか、という声も多いみたいですね」

「そうなんですか。それはまた……本当にそういうお話が出た時にみんなで考えて、ノンちゃんに負担のないような方向に向かえればと思います」


「さっきのインタビュアー、変なこと訊いてたね」

塚田恵子がノンちゃんの駅長帽をガラスケースにしまいながら言った。駅の待合室に置いて飾るつもりらしい。

「ノンちゃんの飼い主のニセモノが出るかもしれない、なんてさ」

「……そうですね。でも、そういうこともあるのかもしれません。話題になった猫を飼ってみたいと思う人がいても不思議はないですし」

「だけどさあ、この町の人間でそんなことする奴なんか、いると思う？　こんな狭い町よ、前に猫を飼っていたかどうかなんて、ごまかしたってすぐバレちゃうじゃないの。嘘ついても無駄よ」

「町の人以外の人が言い出すことはあるんじゃ」

「そんな遠くから来た猫だったら、あんなに綺麗な状態でいやしませんよ、って。それより、さっき言ってた、ノンちゃんの特徴っていったいなに？　この子、平気でいろんなとこ触らせてくれるから、ついついいじくりまわしちゃうんだけど、そんな特徴なんて気がつかなかったわよ」

「ああ、それですか。うちで抜け毛をとるブラシをかけていた時に気づいたんです。ここです」

　愛美は猫をひっくりかえし、お腹を上にして抱いた。

「このお乳の上あたり……毛をわけるとわかるんですけど」

「え、どれどれ」

　恵子がノンちゃんのお腹に手をあてて撫でた。それから顔を近づけた。

「あら、なにこれ。こういう模様なの？」

「面白いですよね。本当にこの子を飼っていた人なら、これに気づかないわけはないと思うんです。しかも、ちょっと撫でたくらいだと気づきにくいですから」

「なるほどねえ。これがあれば、ニセモノの飼い主が現れる心配はないわね。それにしても見事にハート形だわね、この模様」

　腹部の長い毛をかき分けたところに、直径三センチほどの黒いぶち模様があった。一見すると不規則な模様なのだが、よく見れば整（ととの）ったハートの形をしている。どうも地肌にも同じ模様があるらしい。

「面白いわねえ、ほんと、この猫ちゃん。あたしも長いこといっぱい猫飼ってるけど、こんな子は初めてよ。どうしてこんなに物分かりがいいのかしらねえ」

「ほんとに、考えられないくらい聞き分けがよくて、何にも動じなくて。なんだか天からの贈り物のような気がしています」

「天からの？」

「ええ。何かの使命を持ってここにつかわされたのかな、って」

「使命ねえ。たとえばどんな？」

「それは……やっぱり、この町の再興じゃないでしょうか」

「サイコウ？　ああ、再興ね」

恵子は猫を撫でて溜（た）め息（いき）をついた。

「ま、シバデンが少しお金出すっていうなら、この子をずっと駅長にしてグッズ作って売るくらいのことはできるけど、それだってねえ、焼け石に水だし。それでもこの子が人気になれば、シバデンが廃線になるのはちょっとでも先延（の）ばしにできるかもしれない」

「廃線の話なんて、出ているんですか」

恵子は苦笑いした。

「あたしたちの口からはまだ言えないけど、このままだと近いうちにそうなるでしょうね。利用客の数からしたら、バスで充分に代行できるんですって。バスのほうが経費は格段に安くつくから、赤字も減らせるらしいわよ。私鉄だものね、経営赤字がある程度の線を超えたら廃線になるのは仕方ないわけだし。でもこの子が人気者になってマスコミの取材とかがもう少し来れば、寿命が少し延びる可能性はあるわよ」

「……そうなるでしょうか。マスコミの取材とか、増えるでしょうか。ノンちゃんが頑張れば」

「猫じゃなくてシバデンよ、頑張らないとなんないのは」

恵子は笑った。

「いずれにしても、一日駅長じゃ、お話にならないけどね。でも猫の駅長自体は二番煎じ三番煎じで、もう珍しくもない。お金をかけるにしてもグッズじゃあねえ。どうしたらいいんだって訊かれたらわからないけど、ノンちゃんを利用してもこの駅に人を集めるのは難しいわよ。ましてやこの町を昔のように栄えさせるなんて、まあ無理」

「他に何かないでしょうか」

「何か、って？」

「駅長以外のアイデアです。ノンちゃんを人気者にして、マスコミを呼びこむような」

「さあねえ、思いつかないわね」

「わたし……考えてみたい」

「あなたが？」

「はい。わたし……この子が、ノンちゃんが、わたしたちを助けるためにここに来た、どうしてもそう感じるんです」

愛美は、抱いている猫の顔を見た。

ノンちゃんは、我関せず、という顔で愛美を見てから、顔がめくれてしまうのではと心配になるほど大きな口を開けて、あくびをした。

2

夕方まで根古万知駅は賑（にぎ）わっていた。猫好きがノンちゃん目当てでやって来ただけではなく、鉄道マニアのような人たちもかなり大勢混じっている。駅舎の写真を撮っている人たちがいたが、これといった特徴のない駅舎に少しがっかりしているようだ。

愛美はノンちゃんが疲れていないか心配しながら見守っていたが、当の猫のほうはまったく平然としていて、機嫌が悪くなることもなく人の手に撫でられている。

午後五時になり、ノンちゃんがお見送りいたします、とハンドマイクで知らせがあると、駅周辺に散っていた人々が続々と改札口に集まって来た。五時二十分発の列車の乗客をノンちゃんがお見送りする趣向だ。愛美は猫を抱いて改札口の脇に立った。改札を通ってホームに出る客のひとりずつに頭を下げ、ありがとうございました、またいらしてくださいね、と声をかけた。携帯やデジカメのシャッター音が花火が弾(はじ)けるような音をたてる。お願い、猫だけ撮ってね、と愛美は心の中でシャッター音に懇願(こんがん)する。彼らの多くは撮った写真をブログやｔｗｉｔｔｅｒなどに載(の)せるつもりだろう。彼らにとって愛美は今回のイベントの関係者であり、シバデンの職員か何かだと思っている人もいるに違いない。つまり愛美の顔は、公的なものとしてそうしたメディアに載せてもいいもの、と認識されるのだ。

そのことは覚悟しているけれど、何となく落ち着かない。東京生活の間の知り合いにそれを見られたくない、という気持ちも少しある。

満員の乗客を乗せて列車が出て行くと、根古万知駅に普段の静寂が戻った。

「愛美ちゃんはもういいから、ノンちゃんを連れて帰りなさい」

塚田恵子が、掃除用具を手にした愛美に言い、用具を奪った。

「大丈夫です、ノンちゃんご機嫌よくしてますから」

猫はケージの中であくびをしている。

「けっこう散らかってますから、手伝います」

「いいんだってば。これはシバデンのイベントなんだから、愛美ちゃんに手伝わせる理由がないでしょ。さっき、みんなパシャパシャあなたの写真撮ってたけど、大丈夫？　あれってインターネットに広まるわよね」

「別に、大丈夫だと思います」

愛美は、恵子に心を見透かされている、と感じた。

「まあとにかく、もうお帰りなさいな。いくら機嫌良くしてるって言ったって、猫はけっこうなストレスになってるわよ。今日はうちでゆっくり、あの子とコミュニケーションとったげてよ。あ、それから」

恵子はポケットから小さな包みを取り出した。

「これ、うちの子たちに評判いい、手作りの猫のおやつ。ノンちゃんに今日のご褒美にあげてね」

ケージの中の猫が、会話の内容を理解したかのように嬉しげな声をあげた。

3

取材を受けたりしたことで気疲れしたのか眠りが浅く、目覚まし時計の音を聴いて無理にからだを起こした時には、どんよりとした疲労感がからだに残ったままだった。

それでも、足の間で丸くなっていたノンちゃんがのそのそとからだの上にのっかって来て、愛美の鼻のあたまをざらざらした舌で舐め始めたので、思わず笑みがこぼれ、猫を抱きしめた。

猫と暮らしているって、なんて素敵なことなんだろう。

ノンちゃんにキャットフードをあげ、夢中で食べている姿にしばらく見とれてから、自分のための朝食を用意した。袋から出した焼いていない食パンにバターとマスタードを塗り、ハムを一枚のせて半分に折る。それだけ。

小ぶりのトマトは洗っただけ。それにティーバッグの紅茶。あの頃の自分が見たら、なんという手抜きだと憤慨したかも。昨夜の夕食といいこの朝食といい、自分でもずぼらだなと思うが、そのずぼらさが心地良いのだ。ずぼらに生きていても誰に気兼ねすることもなく、誰かの顔色に怯えることもない。

呼吸が楽だ。

着替えと簡単な化粧を済ませ、猫をキャリーに入れて部屋を出た。

駅に着くとすでにノンちゃん目当ての観光客らしい数人がいて驚いた。

「N市を出る一番電車で来たのよ、あの人たち」

恵子が嬉しそうに耳打ちする。

「一日駅長のセレモニーは昨日終わりましたよって教えても、ノンちゃんを見られればそれでいいんです、って」

「猫の愛好家さんたちなのかしら」

「なんだっけ、ほらブロ、ブロガー？　だって言ってた。よくわからないけど、とにかく楽しそうだからさ、まあいいわよね」

キャリーから出されたノンちゃんは、恵子の腕に抱かれて鷹揚（おうよう）にあくびをした。

愛美はノンちゃんに手を振って、商店街を『風花』に急いだ。

「昨日、大変なことになってたみたいだね」

信平がコーヒーをいれてくれた。

「ネットでも話題になってる。ｔｗｉｔｔｅｒで検索してみたら、昨日来ていたらしい人たちがたくさん書きこみしてた」

「始発で来た人がいたみたいです、今日も」

「ほんとに？　でもノンちゃんが駅長するのって、昨日だけなんでしょ」

「今のところ、あくまで一日駅長を任(まか)されただけなんですけど」

「でもあんまり人気出ちゃったら、和歌山電鐵のたまみたいにしようって考える人も出て来るだろうね、シバデンにも」

愛美は、信平がいれてくれた濃いコーヒーをブラックで飲んだ。

「確かにノンちゃんは愛想(あいそ)がいいし鷹揚ですから、人気は出ると思います。でも結局、そういうのって過熱すればするだけ、飽きられるのも早いですよね。前に、ちょっと話していたように、やっぱり駅を出たところにもっと魅力のある何かがないと、って思うんですよね」

「駅を出たところ、か。でも駅前でちょっとでも観光客が時間を潰(つぶ)せるとこって言ったら、この商店街しかないしなあ」

「シャッターの降りているお店、空家(あきや)になっちゃってるとこってどのくらいあるんでしょう」

「空家？　どうかな、そんなに多くないと思う。店は閉めてても二階に住んでるよ、みんな。ほとんどがお年寄り世帯だから、あらたに家を建てたり借りたりするのはいろいろと大変だしね。資金の問題もあるだろうし」

「この商店街って、賃貸ではないんですよね」

「建物ひとつずつ持ち主がいるよ。もっと商店街が繁盛していた時代には、店だけ他の人に貸したりしていた人もいたみたいだけど、今は誰も借りないよね、貸したくたって。かといって、もちろん売りたくても買い手なんかないだろうし」

「二階で生活して、店舗はどうしていらっしゃるんでしょう、みなさん」

「うーん、まあ物置にしてるんじゃないかな。あるいは、家具を置いて住居の一部として使っているのかも。二階だけじゃ狭いもんね。あ、ガレージにしてる人もいる。愛美ちゃん、何か考えてることあるの？」

「……特にアイデアがあるというほどのものじゃないんですけど……そんなにお金のかからない簡単な改装で、空き店舗を利用できないかしらって。何か……観光客が折り返し電車ではなくて、せめて一時間あとの電車に乗ろうと思ってくれる、一時間楽しめるものが空き店舗でできないかしらと」

「……改装費用をかけずに？」

「ええ。この町のどこをつついても、お金は出て来ませんもの」

「そりゃそうだ」

信平は苦笑いした。

「でも改装費用をかけないとしたら、できることは限られちゃうよね。ここみたいな飲食店にすることはできない。観光客を手っ取り早く引き寄せるとしたら、食べ物がいちばんなんだろうけど」

「店舗って、大きさはここと同じくらいでしょうか、みんな」

「いや、微妙に違うと思う。いちばん大きいのはスーパーで、ここはその次くらい、標準的な大きさはお父さんのラーメン屋さんくらいじゃないかな」

「父のとこは厨房(ちゅうぼう)設備とカウンターを付けてますけど、他は」

「飲食店だったとこもあるから、そういうとこはまだ厨房設備があるかもしれないね。でもほとんどは、ただのハコだと思う。品物を並べて売っていたところはみんな、大して内装に凝(こ)ってなかったから。がらんとしたただのハコに、改装費をかけずに観光客が楽しめる店を造るのは無理じゃないかなあ」

「昨夜、寝る前に少し考えていたんですけど」

愛美は自分が使ったコーヒーカップを洗い、紙ナプキンが少なくなっているのを見て箱を取り出した。まだ誰も客がいないので、カウンターに腰掛けてナプキンを畳む。

「ギャラリーみたいなものなら、改装費をそんなにかけないでもできるんじゃないでしょうか」

「ギャラリー？　絵とか飾って売るやつ？」

「販売するかどうかまでは……実際、商売は難しいと思います。でもたとえば、地元とゆかりのあるアーティストがいれば、その人の作品をお借りして飾るギャラリーならできるかなと」

「そりゃ、改装費は安く済むだろうけど……でもこの町にゆかりのアーティストなんて、いる？　俺は知らないなあ。第一、仮にいたとしても、作品をタダで貸して貰うことはできないでしょう。展示期間の保険料だってかかるだろうし、輸送費も」

　愛美はそう言われて、そうだった、とがっかりした。どんな作品であれ、預かって展示する以上は保険もかけないわけにはいかない。どこから運んで来るにしろ輸送費はかかる。美術品の輸送費は安くはないだろう。そうした費用を入場料に転嫁すれば、結局誰も観てくれなくなる。かと言ってその費用をシバデンが負担してくれるはずはないし、商店街や町の費用でまかなうことなどできっこない。

「まあでも」

信平がランチの仕込みを始めながら言った。

「方向性としては、そっちだよな。空いている店舗をそのまま利用できて、元手がかからず、駅に着いた観光客が気軽に立ち寄れる、としたら、ギャラリーって悪くないアイデアだ」

「でも保険費用とかは……」

「保険が必要なくらい貴重なものは展示しなければいい。ってどう考えても、この町にゆかりのアーティストなんて思い浮かばないからね、そんな貴重な展示物が集まるとは思えないし。アーティスト、なんて考えるからいけないんで、もっと気軽に身の丈に合った範囲で考えればいいんじゃないかな。極端な話、素人猫写真展覧会、なんかでいいんじゃないかって、今、思った」

「素人猫写真」

「うん。たとえば……たとえばだよ、ネットでさ、猫画像を募集する。自分で撮影したものというのが条件で、データで応募して貰う。データには撮影者の著作権があるから、展示のみに使用するってことで応募者がネットで許諾できるような、許諾書も掲載してね、ほら、アプリとかダウンロードするとチェックさせられる、ああいうので。許諾しないと応募できないようにしておけばトラブルは減らせるよね。で、集まった猫画像データを分類したりテーマをつけたりして、プリントアウトして飾る。それだけ。ネットで集めた画像なんてネットのアルバムで観たらいいじゃない、って話ではあるんだけど、写真はね、やっぱりプリントされると断然良く見えるからね。パネルにして飾ると、パソコンの画面で観るよりずっと上等に見えるんだよ。そういうものだったら、駅に着いてそのまま折り返すのもつまらないな、と思っている観光客には丁度いいんじゃないかな、気軽に観に来られて」

「……そうですね。もともとノンちゃん目当ての人たちは猫が好きだし」

「ま、パネルにするとか大きくプリントするってだけでも費用はかかるから、それをどう捻出するかの問題は残るんだけどね、でも写真の選択とか飾り付けくらいだったら、ちょっとボランティアを募ればなんとかなりそうでしょ」

「ええ。わたしも手伝いたいです」

「まあそのくらいの感じの展示物だったら、この商店街の空き店舗をギャラリーに生まれ変わらせることも、さほど非現実的じゃない。ただ、それひとつで観光客がリピーターになってくれるとは思わないけど」

「やっぱりリピーターが増えないとだめですね」

「うん、でもこのアイデア、捨てるのはもったいないしもう少し煮詰めてみない？　猫写真にこだわるわけじゃないんで、他にも切り口はあるかもしれない。来週、店主会の集まりがあるから、そこで提案してみるよ」

「モーニングまだいい?」

入って来たのは、農協の職員だった。確か、橋本さん。四十代で課長職、なかなかの切れ者だという評判なのだが、しょっちゅう仕事を抜け出して来てはこの店でコーヒーを飲んでいる。

「いいですけど、あれ、もう始業時刻過ぎてるでしょ」

信平が笑いながら言った。

「あ、また、外出する用事にかこつけて寄り道ですか」

「これからタフな交渉に行くんだよ。その前にここのコーヒーで精神統一してかないと」

「コーヒーで精神統一できるんですか」

「コーヒーは神の飲み物だ」

橋本は出されたコーヒーの香りを嗅いだ。

「ここのコーヒーは、この町で唯一の正しいコーヒーだからな」

「それはどうもありがとうございます」

「信平くん、ここ赤字？」

「はっきり訊きますね」

信平は頭をかいた。

「まあ、とんとん、ってことにしといてください。ここ開いた時に信組さんから借りた資金の返済分は、なんとか利益出したいんですけどね」

「とんとんなら、この町の商売としては大成功だな。愛美ちゃん、あんたのお父さんとこはどうなの」

紙ナプキンをテーブルにセットしていた愛美の背中に橋本が訊いた。

「よくわかりません」

愛美は答えた。

「でも父には貯金なんかないはずですから、赤字が続いているなら営業できなくなるんじゃないかと思います」

「てことは、なんとかとんとんなんだな、あそこも。意外だね、こんな死にかけの商店街で商売してて、とんとん、ってのは」

「競争相手がいないんですよ」

信平はランチ用のハンバーグをフライパンに落とした。じゅわっと音がして、油と肉の匂いが漂う。

「このあたりで歩いて昼飯食おうと思ったら、うちか福々軒に行くしかないですからね。車で国道沿いに出ればファミレスでもなんでもありますが、ランチタイムはけっこうどこも混んでて、駐車場が満杯になるらしいです」

「確かに、そんなこと言ってたな、うちの連中も。あれ、いい匂いだけど、もう焼いちゃうの、それ。注文受けてから焼いてるんじゃないんだ」

「表面だけ焼いて煮込むんです」

「あ、煮込みハンバーグか。それ今日のランチ？」

「はい」

「じゃ、一つ予約しとく。交渉済んだら戻って来て食べるからね、全部売っちゃわないでよ」

信平が笑って、はいはい、と返事した。橋本は立ち上がり、カウンターにコーヒー代を置く。

「ところで、信平くんは井沢伸子、知ってたっけ」

「井沢……あ、ああ、はい、俺、同級でした。彼女……結婚したんでしたね」

「戻って来てるらしいよ、子供連れて。俺らは学年が離れてたから彼女の印象ってほとんど持ってないけど、中学の頃から美少女で有名だったんでしょ、あの子」

信平はまた頭に手をやった。

「ええ……そうですね、確かに、綺麗な子でした」

「子供一人産んで、戻って来たってことは離婚したのかね」

「さあ……」

「信平くん、チャンスじゃないの」

「は？」

「あんたもバツイチでしょ。コブ付きでもいいなら、アタックしてみなさいよ。こんな田舎じゃ妙齢の女はみんな人妻で、再婚のチャンスなんかそうそうないよ」

「いやあの、まだ再婚は考えてないですよ」

「考えないとだめだよ。昔から言うだろ、男やもめにウジがわく、ってさ」

橋本は笑いながら店を出て行った。

4

二日後の定休日に、愛美は信平と、ＵＦＯの丘を探してみることにした。慎一は母親が入院する病院に行く予定があり同行しなかったが、前日に店に来て地図を広げ、場所の特定を手伝ってくれた。

国道をそれて町外れの小川を渡ると、一面の草原に出た。休耕田なのだろう、雑草でびっしりと覆(おお)われたそこは、天然の花畑だった。白、ピンク、黄色、オレンジ、青。様々な野草が花をつけている。

「綺麗ですね、ここ」

「誰かが種をまいているんじゃないかな」

「この草花、ですか?」

「うん。昨年くらいから、春から秋にかけてこんなふうに花畑っぽくなってるんだ。よく見ると、あまり見かけない野草も混じっているし」

「休耕田をお花畑にするのって素敵ですよね」

「地域によっていろいろやってるよね。ひまわりとかコスモスが多いみたいだけど。ちょっと前、根古万知でも国道沿いの道端にマーガレットとコスモスの苗を植えたことがあるんだ。どちらも勝手に種をつけて増えるから、すぐに国道沿いが花で埋まると思ってた」

「だめだったんですか」

「雑草を抜くのに人手が足りなくて、業者に頼んだら予想外に高くついたんだってさ。花のために除草剤を使わないと、すぐに雑草で埋まっちゃうからね。しかも繁殖力の強い外来種の雑草のせいで、せっかく植えた苗も増える前に枯れちゃったりして、さんざんだった。でも今でも生き残ったマーガレットやコスモスが、ところどころ咲いているんだ。それを見ると、町おこしってのは時間がかかるものなんだよな、とあらためて思う。たぶん、根気よくみんなで雑草を抜いて手入れを続けていたら、生き残った花たちが子孫を増やして、今ごろは国道沿いが花で埋まっていただろう。でもみんな、すぐに魔法みたいに成果が出ることばかり想像していて、想像通りにいかないとわかるや、めんどくさい、とほったらかしてしまった。偉そうに言っているけど俺もまったく同罪だよ。ここに戻って来て以来、町おこしになることは何かないかと言うだけは言ってみるけれど、行動に移すとなると、面倒だとか金がかかるとかあれこれ理屈をこねては、結局何もしないでいる。歯がゆいし情けない話だ」

「でも……花の種をまいている人はいるんですよね」

愛美は休耕田で風に揺れている色とりどりの草花を見つめた。

「みんな……なんとかしなくちゃ、って思っているんですよね」

「そうだね。……なんとかしたい。なんとかしないと、いずれこの町は消滅してしまうか、昔の面影などどこにもないただの住宅地になってしまう。いや、住宅地になればまだいい。再開発して建売を建てても、売れ残って町が荒廃していく可能性だって少なくない」

一面の草地に、白や黄色の小花が咲いている。タンポポやヒメジオンなどのありふれた草花のようだが、やわらかな緑色の草原を埋め尽くすように咲いている様は見事だった。

「間違いないな。ここだね。あの丘の上あたりにUFOみたいな光の塊があった」

信平が指さす先には、鳶がゆっくりと輪を描いている。

「行ってみようか、丘」

「そうですね……何もないみたいだけど」

「車、ちゃんと停めるとこ探して来るからちょっと待ってて」

信平は小走りに車に戻ると、数十メートル先にかなり広くなっている路肩へと移動した。

信平が戻るのを待ってから、二人で草地に降りる道を探す。人が歩いた形跡のあるところが一ヶ所見つかり、そこから草地へと足を踏み入れた。さらに人が踏み分けた跡をたどって丘を目指した。

近づいて見ると、丘は唐突に草地から隆起していて、下の方には灌木(かんぼく)やまばらに木々も生えているが、上に登るほど草木は減り、頂上部分は赤茶けた土がそのまま見えていた。

「N市の周辺には古墳が残っているところもたくさんある。もっとも墳墓(ふんぼ)は盗掘(とうくつ)されてすっからかんだろうけど」

「この丘も古墳なのかしら」

「たぶん、そうだな。日本の、特に西日本の田舎は古墳だらけだ。でもほとんどの古墳が、古墳であることを長い間忘れられていて、結局なんだかよくわからなくなってしまった。このあたりにだって古墳があってもおかしくない。あ、上まで登れそうだ。行ってみる？」

「はい」

明らかに人が何度も行き来した小道が、丘を回りこむようにして上へと続いている。登山道と呼ぶにはあまりにも頼りない踏み分け道で、傾斜はさほどきつくないが足下はとても脆(もろ)く、何度もすべって手を突いてしまった。それでも二十分ほどで、頂上らしきところに出ることができた。

そこは小さな空地になっていて、木製の簡単な造りの屋根があり、その下にベンチが置かれていた。

「ベンチだ」

信平が驚いた顔になった。愛美も驚いた。

「……誰が置いたんでしょうか」

「こんなもの運び上げたってことは、ここ、何かの施設にするつもりだったんだろうな」

「施設？」

「ここはやっぱり古墳なんだよ。きっと、古墳公園みたいなものを作るつもりで予算が組まれた。でも計画が途中でなくなっちゃったんだろうな。……ほら、あっち側に階段がある」

信平が指さしたところに、雑草に埋もれてはいるが、確かに階段があった。

「町役場で訊いてみれば、ここがどういう目的で整備されようとしていたかわかるだろうね。まあいずれにしてもこの様子じゃ、これ以上の整備はされないだろうが」

信平はベンチに腰をおろした。

「おお、これはいい眺めだ」

信平が気持ち良さそうに両手を上げた。愛美もその隣りに腰をおろした。

本当だ。

そんなに高い丘ではないはずなのに、どうした奇跡か、そこから眺める景色は想像以上に広々としていた。眼下の草地の向こうに、ちょうど山と山の間の細長い隙間を通して遠く、根古万知の町が見えていた。

まるで鉄道模型のパノラマのように、視界のいちばん奥から現れた二両編成の柴山電鉄根古万知線が、ゆっくりゆっくりと駅に入って行った。

5

「小さい、なあ」

信平が呟いた。その目は、眼下の景色に向けられたままだった。

「ほんとに小さい」

「……根古万知が、ですか」

「うん。ほら見てご覧、あそこが駅だ」

信平が指さす。

「そしてあの、黒っぽく見えてるのが商店街のアーケード。右の端に国道があって、左側に川だ。奥の方は、あそこの丘のあたりはもう隣り町だ。これだけしかない。これだけだ」

「……そうですね。でもわたしは、今、広いなあ、って思ったところなんです」

愛美は笑った。

「本当にそう思ったんですよ。ああ、この町ってこんなに広かったんだ、って。わたしが知っている根古万知は、商店街と駅の周囲だけでした。わたしの通っていた小学校はアーケードを抜けて十五分ほど歩いたところにあったし、中学校はあの、国道の横に見えてますよね、あれです。自転車通学は禁止でしたけど、父の店から自転車なら十分かからないくらい。歩いても三十分くらいです。高校はN市にあって電車通学になっちゃいましたから、わたしがこの町の中だけで暮らしていたのは十五歳までです。その十五年間、商店街と駅と国道の間をうろうろしていただけでした。わたしの知っている世界のすべてが、あそこと、あそことあそこの間にあったんです」

「地元の公立中学に進学すれば、誰だってそんなもんだよ。たとえ東京で生まれたって、子供の行動範囲はそんなに広いわけじゃない。地元、ってそういうものだからね」

「ええ。その中だけで暮らしていても安心していられる、それが地元ですね。だけど……ちょっといつもの道を遠くまで歩くだけで、こんなに違った景色が見られるってことを知らなかった。この丘のことをその頃に知っていたら、きっとお気に入りの場所にして通っていたと思うんです」

「そこで生まれて育って何もかも知っていると思っていても、こうして視野を広げてみると知らないことがたくさんあるね」

　愛美はうなずいた。

「この町に、無理をしてまで都会にあるようなものを作るのは間違っていると思います。そして若い人が町を出て行くのも……無理して止めても仕方ないと。でも……いつか帰って来たい、と思う町にすることはできるんじゃないかしら。わたしがそうだったように、都会に出て行った人の中にも、帰りたくなる人はいるはず。……出て行く前にたくさん楽しい想い出が作れたら、帰りたいなと思う人も増えるんじゃないか、って」

「……出て行く前に？」

「ええ。若い人のためにこの町を変える、って、そういうことなんじゃないかという気がするんです。ここを出て行くことを止めるのはおそらく難しい。進学先だって就職先だって、若い人が満足できるようなものはここにはありません。一度しかない人生、この小さな町を出て広い世間を見てみたい、いろんな刺激を楽しんでみたいと思うのも当然のことです。でも出て行く時に、こんなつまらない町は早く出たい、じゃなくて、ここの生活もけっこう楽しかったな、いつかまた戻って来てもいいな、と思って貰う。それが大事なんじゃないか」

「この町が楽しかった、って想い出、か」

「わたしは高校からN市に通いました。この町で生まれた子供の半数は、十六歳になる前に電車通学になります。さらにその子たちの三分の二くらいは、十九歳になる前にここを出て都会で暮らすようになります。N市の大学や専門学校に通うにしても、通学に一時間かけるよりはアルバイトしながら一人暮らししたいって人が多いですから。十八歳までの間にここで楽しい想い出を作る、それができたら、いつかまた戻って来ようと思ってくれるかもしれない」

「でもそんな若い子が楽しめるような場所は、ここにはないよ」

「場所がどうこうじゃなくて……この町自体を楽しんで貰えないかなって、今考えていたんです」

「この町自体？」

「ええ。……この町そのものを、そっくり」

「愛美ちゃん、何か思いついたんだね？」

信平が笑顔で言った。愛美はうなずいた。

「でも、もう少し考えをまとめさせてください。もうちょっと考えて、それでなんとかなるんじゃないか、って思ったら話します」

「そうか……わかった。楽しみにしてる。いや、そんな君に任せてのほほんとしている場合じゃないな。俺もしっかり考えないと。……あれ？」

信平が身を乗り出すようにして、遠くを指さした。

「あそこに歩いてる人……サッちゃんのおじいさんかな」

「サッちゃんのおじいさんって、欣三さんですか？」

「あれ、違うかな？　なんか歩き方というか、姿の雰囲気が似てるんだけど……遠過ぎて顔がよくわからない」

愛美は目をこらして見たが、もともと欣三のことをさほどよく知っているわけではなかったので、遠目の姿だけではなんとも判別がつかなかった。

「欣三さん、どこに行くんだろう」

信平が伸び上がった。

「なんかこっちに近づいて来るね……あ、やっぱりそうだ、間違いないよ、欣三さんだよ。大丈夫かな。徘徊とかしてるわけじゃないよな」

徘徊！

認知症の診断が出ているとしたら、その可能性があるのだ。愛美は思わず立ち上がった。

「行ってみましょう。こちらに向かっているみたいですけど、たぶんわたしたちが車を停めたあの道に出て来ます」

「そうだね、もし徘徊してるんだったらそのままにしておけないし。ちゃんと行き先がわかっていて歩いているとしても、それなら目的地まで車に乗せてってあげられる」

愛美と信平は急いで丘を下りた。

欣三はとてもゆっくりとした足取りながら、確かにこちらに向かっている。表情がわかるくらい互いの距離が近づいた時に信平が大声で呼んでみたが、欣三はまったく気づいた様子がなかった。

「欣三さん、耳も遠かったかな」

信平が首を傾げる。

もう一度大声で呼んだが、やはり欣三は反応しなかった。だが足取りはしっかりしていて、迷いが感じられない。

双方の距離がかなり迫った時に、ようやく欣三が顔を上げて愛美と信平を見た。

「欣三さん、どちらまで?」

信平が問い掛ける。が、欣三はそれには答えず、無表情に二人を見つめている。

「我々、車なんで、よかったら送りますよ」

信平が小走りに欣三に近づいた。

「どちらに行かれるんですか」

「ほっといてくれないか」

欣三は、信平が数メートルのところに近づいた時、ようやく口を開いた。

「どこに行こうと俺の勝手だろう」

「いや、もちろんそうですよ」

信平は笑顔を崩さなかった。

「ただ、我々の車に乗って行かれませんか、とお誘いしているだけです」

「その必要はない。迎えが来る」

「お迎え？　ご家族ですか。ああ、そうだったんですね。それは失礼しました」

欣三は信平から愛美に視線を移した。

「猫はどうした？」

「今日は預かって貰っています」

「どこに」

「塚田さんのところです」

「元気なのか」

「ええ、とても元気です」

欣三はひとつ溜め息をついた。それから信平を押しのけるようにした。

「急ぐんだ。どいておくれ」

信平がからだをよけると、欣三はまた足を動かし、無表情のまま歩いて行く。


「心配だな」

声が届かないくらい欣三が遠ざかってから、信平が囁いた。

「受け答えはしっかりしていたけど、この先に行っても何の施設もないはずなんだ。どこに行こうとしているのか」

「お迎えがいらっしゃるって言ってましたね」

「それが本当ならいいんだけど。……ちょっと、あとついてってみようか。車で」

「さっきの感じだと、うっとうしがりそうですね」

「何も言わなければいい。あの様子だと、自分の後ろから車がついて来ても気にしないだろう。さっきも我々に気づいたのはほんとに目の前に来てからだった」

二人は車に戻り、ゆっくりと走らせて欣三のあとを追った。

信平が言った通り、欣三は自分の背後から車がゆっくりとついて来ることなどまるで気にするそぶりを見せず、ペースを落とさずに歩いて行く。はたから見ればゆっくりと歩いているようなのだが、欣三の歩行能力を考えると、かなり急いでいるのかもしれない。散歩をしてるというようなゆるさはなく、目的地に向かってひたすら前に進んでいる。

五十メートルほどの距離を置いて、信平は慎重に車を進めた。幸い、後ろから他の車が来る気配はない。

カーナビの地図を見ると、道はこの先五キロほどのところで県道に出るが、その途中にこれといった施設や商店などはない。

「お迎えって、この県道に出たあたりのところに来てるんでしょうか」

信平はちらっとカーナビを見て、首を横に振った。

「欣三さんがずっと歩いて来たんじゃない限り、おそらくバスに乗って来たと思うんだ。バス停はここから戻ったところにある。バスを降りてこの道を五キロも歩いて、それで迎えに来て貰って帰るって、なんかおかしいんじゃないかな」

「そうですね……ただ歩くためだけにこんなところまで来たはずないし」

「かと言って、老人用の施設も商店も、公園さえないんだ。いったい欣三さんは何をしに来たんだろう……どこに行くつもりなのかな。迎えが来ていると言ってたけど、本当なんだろうか」

「それも……妄想か何か……」

「その可能性はあるよ。俺も認知症について詳しいわけではないけれど、妄想や幻視っていうのは曖昧なものではなくて、本人の意識の中ではかなりはっきりしたものだと聞いたことがある。妄想を抱いている本人は、それがまったくの現実だと思いこむ。だから質問すれば理路整然と答えることもある。ただし正常な判断力のある人が聞けば、本人が現実だと思っているそれ自体が荒唐無稽だったりするわけだけどね。欣三さんは、はっきりと目的地を持って行動しているけれど、その目的地や迎えが来るということそのものが妄想によるものである可能性は、あるわけだ」

「でも、本人がそう信じこんでいることだとしたら、たとえ否定しても素直に認めてはくれませんよね」

「怪我をしたり山で迷ったり、そういうことがないように見守るしかない。このまま県道まで歩いてくれたらいいけど、かなりあるからなあ……途中で山にでも入ったら、ほんとに道に迷うことは有り得る」

「熊は大丈夫かしら」

「いや、このあたりから先の山の中は、いると思うよ。だから一人で山に入りそうになったら、なんとか引き留めて連れて帰らないと」

一キロほど歩いたところで、欣三は不意に立ち止まった。信平も車を停めて路肩に寄せる。欣三は相変わらず周囲の何に対しても興味はないようで、路肩にあった大きめの石の上に腰掛け、そのまま顔を上げて道の先を睨んでいる。

「……疲れたのかな」

信平が囁いた時、かすかに自動車の音がした。と、前方から軽トラックががたがたと車体を揺らしながら現れ、座りこんでいる欣三の前に停まった。

欣三はゆっくりと立ち上がり、軽トラックの助手席に乗りこむ。

「お迎えだわ。ほんとに来ましたね」

「うん……でも……あれは誰だ？　サッちゃんの身内じゃないよな、それに……俺、あの人知らないぞ」

欣三が乗りこむと、軽トラックは走り出す。その運転席にいる男の顔に、信平は見覚えがないらしい。

「追いかけよう！」

信平が車をスタートさせたが、方向転換できる場所まで先に進まないとならなかった。数百メートル先の路肩が広がったところで、何度も切り返してようやく方向転換し、スピードを上げて軽トラックを追いかける。カーブを曲がり、さっき景色を楽しんだ「UFOの丘」のあたりまで来た時に信平が叫んだ。

「いない！」

愛美も唖然（あぜん）として前を見つめた。

一本道なのに、前方を走っているはずの軽トラックの姿は、どこにもなかった。

四章　シャッター展覧会

1

「おせっかいやいちゃったみたいで、ごめんなさい」

愛美が言うと、受話器の向こうで佐智子が明るい声を出してくれた。

「とんでもない！　おじいちゃんのこと気にかけていただいて、ほんとに嬉（うれ）しいです。正直なところ、おじいちゃんの……ボケ、進んでるって家族のわたしも思ってるの。たまに朝起きた時、自分のいるところがわからなくなっちゃうみたいで。いずれにしても、おじいちゃんがどこに行っていたのかは調べたほうがいいですよね。ちゃんとおじいちゃんに訊（き）いてみます」

「ごめんなさい、どこまで行ったのか調べてあげられたら良かったんだけど」

「そんな、とんでもない。教えていただいただけで助かります。本当にありがとうございました」

電話を切ってからも、愛美はしばらく考えていた。

欣三はどこに行ったのだろう。あの男はいったい、誰なのだろう?

欣三を見かけた場所や、欣三が軽トラックに乗せられてどこかに行ったことを話しても、佐智子にはまるで心当たりがないようだった。あのあたりに欣三の知り合いが住んでいるなどとは聞いたこともないと言っていた。

ドアが開く音で、信平と愛美は振り向いた。香田慎一が、覗きこむようにして半開きのドアから顔を突き出していた。

「あの……今日って定休日ですよね」

「あ、いいですよ。慎一くん、一人?」

「あ、いえあの。定休日ならいいです。ちょっと灯りが見えたんでやってるのかなって思って」

「定休日だけど、飲み物くらいは出せるから、入って」

「あ、じゃあ……お邪魔します」

思いがけず慎一の顔を見ることができて、愛美の胸は少し高鳴った。

「あの……こちら、池田優美さん」

　慎一は、後ろにいた女性を前にそっと押し出すようにして言った。

「池田さんは、Ｎ市の美術専門学校の先生なんです」

「はじめまして。たちばな美術専門学校講師の池田と申します」

　二人はカウンターの近くの席に座った。

「池田さんとは以前に一緒に仕事したことがあって」

「香田さんがまだＫ出版に所属していらした頃に、何度か雑誌の仕事でご一緒したんです。その頃わたし、東京のデザイン事務所に勤務してました。当時はイラストの仕事よりも、誌面デザインの仕事のほうを多く手がけていたんです」

「池田さんのイラスト、人気があるんですよ。タレントさんのエッセイ集なんかでもよく使われているし」

　信平が二人にコーヒーと、小さな焼き菓子を出した。

「実はね、ほら」

　慎一が愛美の方を向いた。

「この前、話したでしょう。この商店街で何かできないかって」

「あ、はい」

「それで思いついたんだけど……て言うか、他でもやってるところあるんでパクリなんですけどね、あのシャッター、あれがこの商店街を暗くしてる元凶の一つじゃないかと」

「あ、わかった」

信平が言った。

「あのシャッターに、美術学校の生徒さんたちに絵を描いて貰(もら)うとか？」

「あ、わかりました？　どうでしょうか、いや、根本的なこの町の過疎化対策にならないことは承知してるんですが、それでも何もしないでいるよりはましなんじゃないか、って。少なくとも、商店街のシャッターが明るく楽しいものになれば、ノンちゃんを見に来た観光客も、次の折り返し電車に乗るまでの一時間、楽しめますよね」

「でも簡単なようでいて、いろいろハードルがあるよ。第一に、商店街の建物は一軒ずつ個人の所有物だ。取り決めとしてアーケードの景観を損(そこ)ねるような改築はできないことになっているからみんな似たような建物だけど、持ち主の事情はそれぞれまちまちで、みんながみんな、自分とこのシャッターに絵を描いて欲しいとは思わないかもしれない」

「確かに、それがいちばんのハードルですね。でも個別に交渉して、賛同してくださった店のシャッターだけ借りてもいいと思うんです。全部でなくても。全部借りられたら理想的だけど、点々と作品がある状態でもアーケードを散策する楽しみは提供できます」

「費用はどうする？　絵を描く絵の具、その前にシャッターをクリーニングする費用、それに最後は元に戻さないといけないでしょう。新しく塗り直すのもけっこう費用がかかる」

「それなんですけど、実は香田さんからこのお話をうかがった時に、うちの学校がその費用を負担できるかもしれない、と思ったんです」

「おたくの美術専門学校が？　しかし……生徒さんの作品を展示するという意味合いはあるにしても、それだけの費用をかけてメリットがありますか」

「わたしが講師として勤めている学校は、東京に本校がありまして」

「たちばな美術専門学校の名前は聞いたことあります。テレビCM入れてますよね？」

「深夜枠ですけれど。それで、もしかするとこのシャッターに絵を描く企画、CMに使えるのではないかと。実はわたし、講師をするかたわら、本校の広報部にも籍を置いているんです。うちの学校は年に二回、新入学生をターゲットにしたコマーシャルを作っています。それにアイデアを提供する担当として、各支部校から何人か広報部付きになっている講師がいるんです。もちろんCMは広告代理店が作ります。わたしたちがアイデアを出したからといって、それを採用して貰えるとは限らないんですけど……」

「なるほど、テレビCMならば制作予算はそこそこ大きいですね。シャッターのクリーニングや塗り替え費用くらいは出して貰える」

「ただ、そうなるとうちの学校の宣伝に根古万知駅前商店街が使われることになるので、それに賛成して貰えるかどうかという問題が出て来るんですけれど」

「それと、期間だよね」

信平が言って、顎に手をあてた。

「CMを年に二本制作するということは、放映期間はそれぞれ半年ですよね？」

「うちの学校は、新卒者向けの四月開校二年制、三年制のカリキュラムの他に、秋開講で社会人向けの夜間講座があります。普通はそれらに合わせて、二月から三月の二ヶ月と、七、八月の二ヶ月に頻繁にCMを流します。それ以外には、週一回深夜枠のミニドラマのスポンサーになっているので、その番組の放映時に流します」

「そうなると、シャッター街のCMが流れるのは半年間、それも頻繁に流れるのは二ヶ月だけってことですよね」

「CMが好評でしたら、放映期間の延長も考えます」

「しかしこの商店街や駅に置くパンフレットやポスターにするのはまずいでしょう？」

「そうですね……イラストの著作権は描いた学生にあるわけですから……著作権ごと町に買い取っていただく契約でしたらポスターでもパンフレットでも自由に使って貰えます

が」

「そのあたり、法律的な交渉が必要になりそうだなあ。なにしろ、慎一くんから聞いていると思いますが、商店街にはお金がまったくないんですよ」

信平は大きく溜め息をついた。

「ほんとに、何をするにも金ってかかりますよね。でも下手なところにスポンサー任せたら、最後にはのっとられちゃうし。この商店街にもね、風俗系の店が出ようとしたことがあったんです。出店させてくれるならアーケードの修繕費用を持ってもいいって、美味しい話だったんですよ。それも最初は風俗じゃなくて、ゲームセンターってことでした。ゲームセンターなんて子供たちがいりびたったら困るから、と反対する人もいたんだけど、ゲーセンくらい今どきどこにでもある、酒を売るわけでもないしいいんじゃないか、って、一時は受け入れる方向で話が進んでました。でもその会社が大阪のほうで手広く風俗関係やってる会社だってことがわかって、結局断ったんです。ま、そういう方向の町おこしというのも全面否定するわけじゃないんですが。実際、この根古万知だって、炭坑が栄えていた当時は花街だったんですからね」

「そうだったんですか。知らなかった」

信平は笑った。

「まあ花街とは言っても、お色気ものだけの街だったわけじゃない。要するに炭坑近辺で最大の繁華街だったんだ。今の様子からは想像できないけど」

「あの、その頃の写真とかは残っているんでしょうか」

「愛美ちゃん、見たことない？」

「ええ。うちには古い写真、あまりなかったです」

「あれ、愛美ちゃんとこはお祖父さん、炭坑関係だったでしょう」

「ええ。でも今のところで食堂を始めた頃からしか、写真ってないんですよ」

「昔は写真自体が贅沢品だったからな。うちは祖父がカメラ持ってて自分で撮ってたから、いろいろ残ってるよ。今度実家に戻った時にでも探してみよう。なかなか面白いよ。大正時代くらいのものからあるから、ちょっとした歴史資料だよ。それはそうと、シャッターのことだけど。じゃあ、この話、あなたの学校のほうに持ちかけていただけるんですね？」

「話してみます。でもその前に」

「そうですね、こっちのほうをまとめないとね」

信平がうなずいた。

「わかりました。次のアーケード店主会は来週だから、そこでまず話をなんとかまとめます。ただ、シャッターが閉まっている店のほとんどは店主会を脱退しちゃってるんで、店主会の意見がまとまっても、個別の説得はそのあとの話になるんですが」

信平は少し、不安そうな顔で言った。

2

「なんか急に具体的になって来たね」

慎一たちが出て行ったあと、コーヒーカップの片づけをしながら信平が言った。

「ノンちゃんが現れてから、町が動き出した感じがある。そしてその中心に、愛美ちゃんと慎一くんがいる」

「わたしですか？　いいえ、中心になるべきなのは信平さんです」

「俺にできることはもちろんやるつもりだよ。俺もこの商店街とアーケードには愛着があるし。でもやっぱり、アイデアと実行力の面で、中心になるべきなのは慎一くんや愛美ちゃんだと思う。慎一くんはカメラマンの仕事、続けるつもりあるのかな。東京に戻るって話はまだ、聞いてない？」

「具体的なことは、何も。まだしばらくは、こちらにいるつもりのようには感じましたけど」

「そうか……愛美ちゃん、恵子さんとこまで送る。どうせどっかで飯食わないとなんないから、ついでに買い物に行くよ」

信平は車のキーを愛美に放った。

「車で待ってて。戸締まりするから」

商店街用の駐車場は二ヶ所、駅側には来客用のコインパーキングが、そしてアーケードを抜けたところに、農協と共用の月極駐車場がある。駐車場まで歩いて行く途中にある小さなスーパーに入り、一人用の夕飯と他のこまごましたものを買った。国道沿いのコンビニよりも品数が少ないスーパーには、それでも、何人か客の姿がある。みな高齢者で、商店街の「閉じたシャッターの奥」の住人たちだ。彼らは年金で生活し、もう店主会にも所属していない。愛美が子供の頃には確かにあったはずの店は、どこにもない。

思い出してみれば、次々と脳裏に甦(よみがえ)って来る光景がある。

なんといっても大好きだったのは、商店街のいちばん奥にあった駄菓子屋だ。あの店は愛美にとって宝島のように素晴らしいところだった。父に禁じられていたので買い食いは本当にたまに、こっそりするだけだったが、あずき色をした麩菓子(ふがし)や、凍(こお)った杏(あんず)の詰まったビニールの筒、小さな袋に入った味のついた乾いたインスタントラーメン。大きなオレンジ色の風船ガムが二つ、小さな箱に入ったもの。紐（ひも）が付いている飴（あめ）は、当て物になっていた。運が良ければ握りこぶしほどもある巨大な飴が貰える。でも愛美はそんな大きな当たりをひいた記憶がない。いつもいちばん小さな三角形の飴ばかりだったが、それでも子供の口に入れるとけっこうな大きさで、最後まで舐（な）め終えるまでに舌が疲れた。

　買い食いは怒られるのが嫌（いや）で自重したが、その分、お小遣いのほとんどを注ぎこんでしまったものもある。いちばん好きだったのは、千代紙だ。一枚ずつとても綺麗な色と模様が印刷された、四角い紙。大きさは普通の折紙の四分の一、それが一束でいくらだったっけ？　三十円？　五十円？

　数日つかうのを我慢して貯（た）めたお小遣いで千代紙を買うと、遊びが途中でも友達にバイバイと言って家に帰った。食事中の店の客に頭を下げながら階段を駆け登り、二間しかない部屋の片隅、小さな勉強机を置いてもらった「わたしの場所」に座る。

　はやる気持ちを抑えつつ透明なビニールを破って千代紙の束を出し、どんな色柄が入っているか確認する。その時がいちばん幸せだった。大好きな柄をまず選び出して取り分ける。好きなものは大事にとっておくのだ。折紙を折るなんてもったいない。残りの柄の中から、鶴を折るためのもの、紙の着せ替え人形の洋服を作るものをさらに選ぶ。鶴は折紙の中でいちばん好きだったので、羽のところに美しい模様が出るような千代紙で。人形の服は洋風でお洒落(しゃれ)な雰囲気の柄がいい。

残ったもので、思いつくままに好きなものを折った。折紙に飽きたら紙人形の洋服の切り抜き。そして、たまには気に入った千代紙の裏の白いところに、クラスの友達への手紙を書いた。内容は覚えていないが、たいしたことではなかっただろう。それでも、畳(たた)んだ千代紙を友達に渡す時は妙にドキドキとして嬉しかった。一束の千代紙は、愛美にとってまさに、宝物だったのだ。

信平の車で待つ間に、懐かしい想い出が愛美の心の中を流れて行く。

商店街の真ん中あたりには、洋品店があった。隣り合った二軒の店が、片方は婦人服、もう片方は紳士物を扱っていた。その婦人服の店に母と行くのは、愛美にとってとても心躍ることだった。そんなに頻繁に行った記憶はない、たぶん、二、三ヶ月に一度がせいぜいだっただろう。それでも行けば必ず、母は愛美に何か買ってくれた。苺(いちご)の刺繍(ししゅう)のついたハンカチや、猫のワンポイントがある靴下。夏の麦わら帽子にはひまわりの花飾りが付いていた。白いレースが可愛いブラウス。赤と茶色のチェックのスカート。お父さんには言わなくていいからね、と母が笑う。そんな時は母も、何かひとつ自分のために買っていた。高価なものではない、いつも、普段に着るブラウスやレースのハンカチ、日傘などだ。そして二人の買い物が終わると、隣りの紳士物の店に入る。買い物の本当の目的はそちらの店だった。父は自分で服を買うということをしない人間だ。昔から、父の着るものはすべて母が買っていた。

そろそろ夏用のパジャマに替えないといけないんだけど、去年まで着てたのを出してみたらあちこちすり切れちゃってたのよ。

ブリーフがみんなよれよれになっちゃってるの。いくら言っても自分で買いに来ないんだから、嫌よねえ。

どうしてお父さんの靴下は左の親指のとこばっかり穴があくのかしら。あらこれ安い、三足で五百円だって。ねえこっちの茶色のとその灰色の、どっちがいいと思う？

母が死んでから、父の服ってどうしてるんだろう。父は自分で買いに出かけているんだろうか……この商店街にはもう、洋品店がないのに。

不意に、涙があふれて来た。

全部、消えてしまった。もうどこにもない。

商店街はちゃんとここにあって、父もその中で暮らしているのに。いや、今だってまだみんないるはずなのだ。駄菓子屋のおばちゃんも、洋品店の奥さんも、みんなまだ、商店街に住んでいる。なのにお店はシャッターが閉まったまま。

確かにそこにあるはずの、あの記憶の中の温かい町。

もう二度と歩くことのできない、あの騒がしくて楽しい商店街。

取り戻したい。あの頃の活気、あの頃の生き生きとした町を。

「お待たせ。あれ、どうかした？」

信平に涙を見られて愛美は慌(あわ)てて手の甲を目に当てた。

「すみません、なんでもないんです。ちょっと……懐かしくなっちゃって。商店街で買い物したこととか思い出してたら……」

「そっか」

信平はエンジンをかけながら言った。

「愛美ちゃんの小さい頃はまだ、この商店街もそこそこ機能してたんだよな。それでも、きっと愛美ちゃんは憶えてないと思うけど……商店街の店舗が閉店してシャッターが閉まったままになり始めたのは、バブルが崩壊した九一、二年頃からだ。それからほんの二、三年の間に三分の一くらいがばたばたと閉店してしまった。愛美ちゃんが中学の頃はもう、この商店街は瀕死だった」

「……そうなんですか……わたしの記憶では、もうちょっとあとまで賑やかだったような……」

「中学に入ると部活だの模擬試験だのって忙しくなって、商店街に来ることも減る。愛美ちゃんみたいにその中に住んでいても、買い物はショッピングセンターでするようになる。実際、九〇年代からN市にでかいショッピングモールができたり、国道沿いに大型スーパーができたりした。より便利で品揃えもよくて、安い店があれば、誰だってそっちに行く。それは誰にも止められない。ごめん、何が言いたいかって言うとね、結局、ここで暮らしている者だってここで買い物しなくなった、ってことなんだ。つまり」

　信平は、農協の前の信号で停止した。

「商店街に買い物する客を呼び戻すことは、たぶん、もう不可能なんだ」

「……買い物ではない目的で来て貰わなければ、ということですね」

「そう。シャッターに絵を描くのは本当に一時的な効果しかないだろう。しかも今のままでは、それで客を呼んだところで経済活動に結びつかない。買い物ではない何かで、お金を落として貰わないと町は復活できない。……難問だよ」

寝じたくを整えてから、ノートパソコンを開いた。

鉄道マニアや駅マニアが集まるサイトを覗き、根古万知、猫駅長、猫の町などで検索をかけてみた。

『猫のノンちゃん、めちゃ可愛かったです。触らせてくれるし、おとなしいの』

『貴志駅のパクリだと思ってたけど、もっとなんにもなかった』

『せこい売店しかなくて、猫撫(な)でたらすることなくなった。駅前も何もなし。あそこ行くなら、着いたらさっと猫見てすぐに折り返しに乗ったほうがいいよ。次の電車までほんとにすることない』

『駅前に商店街みたいなのがあったので歩いてみました。店が全部潰(つぶ)れてて、ゴーストタウンでした。不気味でした』

『よっぽど猫が好きな人じゃないと、行っても無駄ですよ』

『あの路線ももうすぐ廃止らしいです。記念に一度行けば充分かな』

溜め息が出た。

書かれていることに対してはみな、その通りです、としか言えない。それが悔しい。シャッターにイラストを描くアイデアも、テレビＣＭとセットということになると実現までに少しかかるだろう。

もっとすぐに、明日にでも実行できるアイデアはないか。明日来てくれる観光客に、なかなか楽しかった、と感想を書いて貰える何かは……

不意に、箸がとまった。

商店街で過ごした幼い頃の想い出。何か足りない。何か……もっと他に楽しいことがあった気がする。いや、あった。

なんだったっけ？

あれは……

愛美は思わず立ち上がった。

紙芝居だ！

そう、紙芝居があった。紙芝居！

3

「紙芝居？　そんなのやってたっけ」

「信平さんは憶えてませんか。商店街の入口のところ、駅のロータリーと商店街の境目にベンチがあるでしょう、今」

「あ、バス停の？」

「そうです。あのあたりだったと思うんですけど、時々紙芝居が出ていたんです。水飴を買うと見せてくれるんです」

「水飴……あ、なんか記憶、あるな。木の箸みたいなの二本に白い水飴がくっついてて」

「そうそう、それです！　透明のセロファンに包んであって、それを剝がして二本の短いお箸でぐるぐるすると、飴が白っぽくなって」

「……ああ、思い出した！　でも俺、見たことはないな、紙芝居。なんか子供っぽくて照れ臭かったから、飴は買ったことあるけど紙芝居は見なかった。で、その紙芝居がどうかした？」

「あれなら、できるんじゃないかなと思ったんです」

「ノンちゃん目当てでシバデンに乗って来てくれたお客さんたちを、すぐの折り返しではなく次の電車まで根古万知にいて貰うための、サービスです。シャッターに絵を描いて専門学校のＣＭに使って貰うことが実現するまでの間、少しでも根古万知をアピールしておくには何かしなくてはだめですよね。でもお金はかけられない、設備も人員もない。紙芝居ならば設備は必要ないです」

「できるって？」

「いやそうだけど、紙芝居なんかでみんな満足してくれるかなぁ。それに誰にやって貰うの？　シバデンの関係者や俺たちじゃ、ろくな絵も描けないよ。いくら経費がかけられないからって、素人の下手な絵と素人の語りで紙芝居やって、それでサービスですって言い張るのはどうなのかなあ。失笑されておしまいなんじゃないだろうか」

「ええ、それでは保育園のクリスマス会に呼ばれたって子供たちに笑われますね」

愛美は自分でそう言って笑った。

「それでゆうべ、いろいろとネットを検索して考えてみたんです。コンクールにするのはどうだろうか、って」

「コンクール。つまり紙芝居の絵と文章を公募するってこと？」

「絵や文章だけじゃなく、読み手ごとです。つまり、パフォーマンスとして応募して貰うことになります。ノンちゃんを見に来てくれるお客さんがいちばん多い時間帯の電車を一日に二本くらい選び、それに合わせて駅前でパフォーマンスして貰って、商店街とシバデンで組織した審査委員会か何かが審査して、優勝者を決めるんです」

「面白そうだけど、そんなの応募してくれる人たち、いるのかな。いたとしても、北海道だ沖縄だって遠方から応募者があっても、交通費は出せないよ」

「その点は、とりあえず仕方ないと思うんです。交通費は自腹を切ってでも応募したいという人がいることを祈るしか。でも、きっと応募者はいると思います」

「賞品をどうする？　出さないわけにはいかないよね」

「高価なものは用意できませんけど、かき集めればかっこうはつけられると思います。シバデンに協力して貰って、鉄道マニアが喜びそうなシバデンの部品や装備品を提供して貰うとか、農協にかけあって、甘夏を箱で出すとか」

信平は苦笑いした。

「今どき、箱みかんなんかで釣られる人は少ないだろうけど。でもシバデンの部品はいいかもね、話題作りにもなる」

「賞品なんかたいしたものじゃなくても、紙芝居のパフォーマンスならそんなに敷居が高くない、やってみようか、と思う人はけっこういるんじゃないでしょうか。出演者の了解をとってパフォーマンスを録画して、ＹｏｕＴｕｂｅなどで公開して、それによるネット投票なんかしても面白いと思うんです」

「なるほど」

信平はノートを取り出して熱心にメモをとった。

「ね、愛美ちゃん。二人でああだこうだ言ってても先に進まないから、ここまでのアイデアをシバデンの広報さんに伝えてみるよ。それと、この機会に、シバデンと商店街が一緒になって実行委員会みたいなの、作ったほうがいいかもしれない。俺、ちょっと本気出してみるよ」

信平は真剣な顔でうなずいた。

「ノンちゃんが来るまでは、もやもやしたものは抱えていたけれど実行するだけの意欲が持てなかったんだ。俺自身、もうこの町は終わりだ、どうせ過疎化は止まらない、シバデンもうじき倒産する、この商店街もそのうち取り壊されて、残ってる者は立ち退き料貰って小さな家でも買って、そこで年金暮らしすることになるんだろう、って諦めていた。愛美ちゃんがバイトしてくれるようになって、少しは店を長く続けないとって思うようにはなっていたけれど、それでもあと三、四年がせいぜいだろう、そのあとどうやって暮らして行こうか、そんなことばかり考えていた。でもね、ノンちゃんがやって来て、たった猫一匹で実際に観光客が増えた現実を見て思ったんだ。ここは砂漠の真ん中でもなければジャングルの奥でもないんだって」

「砂漠にジャングルですか」

愛美は思わず笑った。

「比較するものが極端ですね」

「でもさ、結局俺の諦めって、そういうことでしょう。こんなところにどうせ誰も来てくれやしない、こんなところに。心のどこかでそうやって、自分でこの町を東京や大阪からとんでもなく遠いところに追いやっていた。実際には、新幹線と在来線を乗り継げば東京から四時間はかからない。地の果てじゃないんだ。魅力のある場所に変えることができれば、人は必ず来てくれる。そう信じることが、ちょっとはできるようになった」

信平は少しはにかんだように微笑(ほほえ)んだ。

「俺たちの力だけで、この町を以前のような賑やかなところに変えるなんて、そんなに簡単にいかないことはわかってる。それでも、ただ諦めてしまうのは悔しい、そう思えるようになっただけ、少しは前を向いてるかな、って思うんだ。とにかく、いずれはここを出て行くにしても、今ここで暮らしてる子供たちや若者たちが、いつかまたここに戻って来たい、そう思ってくれるようにだけはしたいよね。結局、ここがいちばん好きだって、そう思いながら都会で暮らしていて欲しいんだ」

＊

信平の行動力は素晴らしかった。信平が自分の決心を口にしてから一週間ほど経ったった頃、愛美は父、国夫に呼び出されて父の店のカウンターに座った。


「仕事は終わったんか」

「うん」

「ラーメン、食うか」

「まだ四時よ、お父さん」

「四時でも五時でも、腹が減ってるんなら食べたらええやないか」

「だから、お腹は空いてないの。お店でまかない食べたの、ランチタイムが終わってからだから二時過ぎなのよ」

「猫はどうした」

「まだ駅。ここ、いちおう食べ物屋さんだもの、猫はまずいでしょう。五時までは預かって貰えるから、帰りに駅に寄って引き取るの」

「おかしな猫やな、あれ。妙に人なつっこい。普通、猫は知らない人間を怖がるもんだが」

「猫にもいろんな性格があるのよ。でも確かに、ノンちゃんは特別おっとりしてるかも。リードに繋いで外に出しておいても、駅のベンチの上で一日寝転がってるんですって。ケージに入れたら入れたで、満足そうに毛布の上で眠ってるみたい」

「寝てばっかりか」

「おとなの猫ってそんなものよ。東京で飼っていた猫も、仔猫の頃はほんとによく動き回って遊んでたけど、成長してからは寝てることのほうが多かった」

愛美は、別れた猫のことを思い出して少しだけ寂しさを持て余した。

「ところで、おまえを呼んだのは信平くんから提案があったからなんや」

「提案？」

「前回の店主会で、信平くんが提案したんや。商店街とシバデンとが協力して、根古万知を盛り上げるための委員会みたいなものを作ったらどうかって。なんでも、おまえと相談していろいろアイデアを考えたんやてな」

「……なんとなく、ノンちゃんが来てからこの町の将来について、信平さんと話すことが多くなったの。ノンちゃんの人気でほんの少しだけど、駅まで来てくれるお客さんが増えたでしょう。でもインターネットでの反応を読むとね、ノンちゃんは可愛い、シバデンもローカル線らしい味があっていい、って評判悪くないんだけど、駅と駅前に何もない点がみんなから指摘されていたの」

「それは仕方ないやろ、田舎の駅前なんかみんなこんなもんや。けどな、信平くんの言葉に、心が動いた。これまでは若者が出て行くのを止めることばっかり考えてたけど、いくら止めても広い世界を知りたいいう若い者の心を縛りつけることはできん。それより、一度は都会に出て行っても、いつかまた帰りたいと思うような町にするべきだ、と信平くんが力説した」

「……わたしもそう思うの。若い人にとっては、この町の外の世界を知りたいって欲求は切実なものだと思う。でも一度はここを出て行ったって、戻って来てくれればいいわけよね。単に生まれ故郷だから、という理由以外にも、ここに戻りたいという気にさせる何かが、あればいい。働く場所とか遊ぶところがあればそれに越したことはないけど、もし、想い出があれば、記憶の中でこの町で暮らしたことはとても楽しいものであれば、きっと戻って来てくれる、そう思うの」

「しかし若い連中にこの町での想い出を作らせるって、なかなか大変なことやな」

「そのことでね、いろいろ考えたり調べたりしているんだけど。たとえば伝統的で有名なお祭りがある地域は、どんなに辺鄙(へんぴ)なところでも年に一度は、そこの出身者が故郷に戻る。それって、子供の頃からそのお祭りのためにいろんなことをして来ていて、お祭りを中心にしたたくさんの想い出があるからよね」

「根古万知に祭りなんかない……あ、秋祭りはあるけどな、まあ有名でもなんでもない、ごくありふれた豊穣祭(ほうじょうさい)で、あのためにわざわざ町に戻って来る奴はいないよ。このあたりは江戸時代は小さな村が点在しているだけの、寂しいところやった。それが明治になって炭坑が開発され、日本中から炭坑夫が集まるようになって人が増え、その炭坑夫の生活のために町ができて、繁華街もできた。そういう生い立(おた)ちやから、伝統なんかないんや。三代さかのぼればよその土地にたどり着く者ばっかでな」

「うん。だからね」

愛美はコップの水を飲み干した。

「そのお祭りみたいなものを、何かできないかなって。お祭りみたいにワクワクして、お囃子(はやし)や踊りを練習するみたいな、ちょっと大変だけれど心に残る体験ができて、それをたくさんの人にお披露目(ひろめ)できるチャンスがあって」

「あ、それが紙芝居のコンクールか!? 信平くんが、たとえばこんなんどうでしょうかて、説明しとった」

「一つの方向性として、どうかなって。紙芝居なら地元の子供たちも参加できるでしょう、絵のうまい子もお芝居したり本を音読したりするのが得意な子もきっと、クラスの中にはいると思うし」

「しかし子供の作った紙芝居なんか、観光客は喜ばんやろ」

「だから、ちゃんと公募して、それなりのパフォーマンスができる人たちにも来て貰うの。地元の子供たちのは子供部門、大人のものは一般部門とか分けて」

「いやまあ、それは面白いやろが、それだけではなあ」

「うん、わかってる」

愛美は、国夫が出してくれたウーロン茶を飲みながら、溜め息を吐いた。

「紙芝居だけじゃどうにもならない、根本的な解決にもならない。でも、資金もない人手もない、設備もない以上、いろんな細かいイベントを積み重ねて合わせ技で一本とるしかないと思うの。信平さんから聞いたと思うけど、商店街のシャッターに美術専門学校の学生さんたちに絵を描いて貰って、その専門学校のCMに使って貰うアイデアもあるし、ノンちゃんもいるし、それで列車運行の合間に紙芝居のコンクールがあって、とにかく細かくてもいろんなことを次々とやって……全体としてお祭りみたいな雰囲気にできないかな、って」

「全体としてお祭りね。まあ秋祭りよりは文化祭に近いもんやな、それだと」

「……文化祭」

「中学や高校でやっとるあれや。けっこう地元の者にとっては楽しみな祭りやろ、あれも」

「文化祭！」

愛美は半分腰を浮かした。

「それだわ、それ！ 文化祭よ！ 一年中駅前が文化祭の町。この商店街には空いてる店舗がたくさんある。それらが学校の教室だと思えば、その一つずつで、ミニコンサートしたり、絵を展示したり、物を売ったり……最初は週末だけでもいい、ううん、月に一回でもいい、定期的に文化祭が開ければ！ シバデンの運行スケジュールに合わせて、電車が駅に着いてから次の電車に乗るまでの一時間で楽しめる、文化祭！」

愛美はスツールから飛び降りた。

「あとで電話する！ 頭の中にいろんなことが浮かんでるうちに、ちゃんと整理してみたいの。ノンちゃん迎えに行かないといけないし、じゃあね、またね」

愛美は駅まで駆けて行き、猫をケージごと抱きしめて早足でアパートへと急いだ。

ずっと頭の中でもやもやしていたものが、今はっきりと一つの形になって来たのだ。

根古万知、いや、ねこ町文化祭！

毎日楽しめる、小さなイベントがいくつもある駅前商店街。

何度でも来たくなる、そんな町。


でも、電気代は？　出演料は？　賞品は？　店舗を借りる費用は？

収入をどうする？

4

「ねこ町文化祭かぁ。それ、すごくいいと思う。ほんと楽しそうだし、いろんなアイデアを詰めこめるから、予算が少ないこととか人手が足りないこととか、マイナス面をアイデアで補う余地があるし」

香田慎一は、カメラを構えたままで言った。

「愛美さん、それぜったいいいですよ。実現させましょう！　……っと、ノンちゃん、ちょっと横向いてくれるかなー、よし、そうそう！　ありがとう。ノンちゃんはモデルとしても優秀だなあ」

猫は写真を撮られていることをまったく気にする様子もなく、マイペースに大きなあくびをした。

ノンちゃん人気も一段落して、平日の駅前は以前と変わらないのんびりとした様相になっている。『風花』の仕事を終えてノンちゃんを迎えに来た愛美は、そのままベンチに座ってしばらくノンちゃんを撫でていた。香田慎一がやって来て、ノンちゃんの写真を撮らせてほしいと言った時、愛美は慎一に会えたことが素直に嬉しかった。

「でも、口で言うほど簡単じゃないと思うんです。父の店で、文化祭、という言葉を聞いた時には、まさにそれだ、って思ったんですけど。一晩じっくり考えてみて、障害はけっこうあるな、って」

「たとえばどんな？」

「まず何より、場所のことですよね。……シャッター商店街になってしまっているとは言っても、ほんとの空家って、ほとんどないんです」

「それはそうだろうな。店は閉めても二階の住居で暮らしている人たちはいるし」

「商品倉庫の代わりに店だけ誰かに貸している人もいます」

「だけどむしろ、空家のほうが権利のこととか面倒になるんじゃないかな。そういう空家はたいてい、買い手を探して不動産屋に預けられてるだろうし。文化祭に使うのは店舗スペースだけなんだから、二階に人が住んでてもそれは問題ないんじゃない？」

「人の気持ちって、複雑ですよね」

　愛美は、カメラに向かって前足を伸ばして触ろうとし始めたノンちゃんの頬を指でこすり、その前足をそっと自分の掌で包んだ。

「空いてるんだから使わせろ、って言われても、その、今は空いている店の部分にも想い出や愛着を抱いている人にとっては、そう簡単にはいかないと思うんです。それに、これまではほんとに静かに暮らしていたわけですから、観光客が自分たちの住居のすぐ下に出入りする状況を今さら望むかどうか。商店街の活性化そのものを、さほど望んでいない人たちもいると思うんです」

　慎一はカメラをしまった。

「なかなかいい写真撮れたよ。シバデンのサイトに載せて貰うことになったんです。そうだなあ、確かに、もう賑やかなことはいらない、静かに暮らしていけたら、と思っている人もいるだろうね」

慎一は腕組みした。

「やっぱり、何をするにもまず、商店街に住んでいる人たちの意見を聞くことは大事だよね」

「そう思います。信平さんがまず店主会で、ねこ町文化祭のアイデアを出して実行委員会を作って、その実行委員会が各店舗の所有者に意見を聞きに行く、という流れにしてみるそうです」

「うん。参加したくない、かかわりたくない、って人は無理に引きこまなくてもいいわけだしね」

「現実には、観光客がそうした家の方々に迷惑にならないようにうまく誘導するのって、けっこう難しいかもしれません。ネットニュースで読んだんですけど、景観で有名な北海道の美瑛町では観光客が畑に入りこんだり、許可も得ずに地元の人の写真を撮ったりということが続いて、大きな問題になっているとか。文化祭を開くことができたとして、参加しない家の前に煙草の吸い殻やゴミ、ペットボトルなんかを捨てる人がいないとも限らないし……」

「騒音の問題もある。若い観光客をたくさん集めようと思ったら、かなりうるさくなるのは覚悟しないとならないよね」

「店舗だけ貸してくださった方々も、二階で生活していて階下があまりにもうるさくては生活が続けられません」

「かと言って、貸してくれた家の防音設備なんか、とてもじゃないけど負担する金、ないしなあ」

「音の出るイベントは基本的に、駅前の広場にステージを作ってそこでやるしかないんですよね。でもそうすると、駅前のステージだけ見て商店街の中まで入って来ない人が多くなります」

「いちばん奥、商店街を突き抜けたところにステージを作ればいいんだけどなあ。あ、あそこ、駐車場があるよね。あれ借りられないかな」

「あの駐車場は農協が使ってますから……」

「農協は自分とこの建物の裏にも駐車場あるじゃない。あそこは来客専用になってるけど、あんまり車が停(と)まってるの見たことない。交渉の余地はあるんじゃないかな。持ち主が誰なのか調べてみよう」

　慎一はデイパックからノートを取り出して書きつけた。

「香田さん、熱心ですね」

　慎一は照れ隠しなのか、頭をこつこつと自分の拳(こぶし)で叩(たた)いて笑った。

「いや、なんか、楽しくなっちゃって」

慎一はそっと、ノンちゃんの頭を撫でた。

「海外にばかり出かけて、カメラのレンズを自分の足下に向けることがなかった。それが今は、この町を撮りたいんですよ。この町の何もかもを撮りたい。撮ることが楽しいんです」

愛美は、記憶をたどるような表情で言った。

「よくよく思い出してみると、私が子供の頃からシャッターの閉まっていた店は、あったんです。わたしの記憶の中では、東京の繁華街も負けないくらい賑やかで華やかだった商店街。でも本当は、たぶん、当時からもう勢いを失っていたと思います。今度あらためて現実と向き合って、ようやくいろんなことが見えて来た。そんな気がしています」

「記憶の中でしがみついていた幻影から離れて、現実を直視できた、そういうことなのかな」

「ええ。だからやっと、このままじゃだめだ、って思えた。これまでは、心のどこかにあったんです。わたしの故郷が消えてなくなるわけがない、って気持ち。大丈夫、なんだかんだ言ったってここにはまだ、たくさんの人が暮らしている。わたしが子供の頃から知っているおばさん、おじさんたちがみんないるじゃないの、だから大丈夫よ。そう、無理やり思いこもうとしていた。でもノンちゃんが来て、あらためて、駅に人が来るということを目の当たりにして、ノンちゃんがいなければこの人たちはこの駅に来ることがなかったんだ、って気づいて。そうやって、想い出から離れて見てみたら、根古万知駅前商店街はもう瀕死でした。わたしが大人になったということは、父は年老いたということ。その父とおない歳くらいの人たちしかもう、この商店街には暮らしていないんです」

愛美は溜め息をひとつ、ついた。

「本気で向き合ってみてようやく、どんな危機的な状況なのかに気づいた。頭の中にあった幻想の故郷ではなくて、現実に過疎と老齢化に苦しむこの町の姿を知った。だからこそ、今何かしないと、何かしたい、って気持ちになったんです。それでも、もう遅いなんて思いたくない。何かできることはまだある、そう信じたい」

「できることはありますよ、必ず。ねこ町文化祭、いいと思うな。ねこまち、は平仮名にしましょう。それで、プロレベルの人たちから地元の幼児まで、何らかの形で参加できるようにしましょう。さっきの、店舗を借りる際の騒音の問題は、店舗での展示を絵とか写真みたいなものに限定すれば、ある程度対処できる。音の出る催し物、バンドの演奏やのど自慢みたいなものは、駅前広場と、さっき言っていた駐車場を会場にする。それとももっと積極的に店舗を貸してくださる方がいれば、ギターの弾き語りだとか朗読会、テーブルマジックなんかはできますよね」

「そんなにたくさん、催し物がやれるかしら」

「文化祭ですから、やらないと。しかも一回きりで終わらせたんじゃ商店街の活性化にはなりません。常設展のようなものも考えないといけない。最終的には、いつでも駅を降りたら、一、二時間は楽しんで帰れる商店街にしたい。夢はふくらみます」

「信平さんに話して、準備委員会みたいなものに参加させて貰いましょうね」

「もちろんです。何がなんでも参加します。……あれ、あの人確か、シバデンの広報の」

駅前ロータリーに入って来た軽自動車のボディには、柴山電鉄のロゴが入っていた。ベンチのすぐ近くで車が停まり、中から柴山電鉄広報課の川西が降りて来た。

「島崎さん、お久しぶりです」

川西は愛美に挨拶してから慎一に目を止めた。

「あ、もしかして、あなたが香田さんですか」

川西が慎一のカメラを見ながら言った。

「うちの伊藤が、ノンちゃんの写真をお願いした」

「あ、伊藤さんも広報の方でしたね、そう言えば。サイトにノンちゃんの画像を載せたいと、僕の叔母を通じて連絡いただいて」

「いやあ、プロのカメラマンの方にお願いするのに、ノーギャラで頼んだって伊藤から聞いて、そんな図々しいことをって驚いたんですが。ほんとにノーギャラでよろしいんですか」

「いいですよ、僕もノンちゃんの写真は撮りたかったんで。そのかわり、著作権はお渡しできないんですが。サイト以外のものに使う時はご相談いただければ」

「もちろんそうさせていただきます。お、ノンちゃん、元気そうだな」

川西は猫の喉を撫でて目を細めた。

「ノンちゃん、ストレスとか大丈夫ですか。うちのほうに、動物愛護活動家みたいな人から電話があって、猫に衣装着せて人前に出すなんて虐待だ、って言われたりしたんですが」

「衣装をつけたのは、一日駅長の時だけですものね」

愛美は笑って、猫に頬ずりした。

「いつもはこのベンチで寝てるだけですし。人が多い時は恵子さんがちゃんと守っててくれますから」

「そうですか。いやでも、平日はもうこんな感じなんですねえ。週末はいくらかまだ、猫目当ての乗客も来るんですかね」

「来てるみたいですよ」

慎一は言いながら、手振りで川西をベンチに座らせた。

「でもブームはそろそろ終わりかもしれないですね。もともと、猫がいる、ってだけで客が呼べるのは一時的なものだとは思ってましたが。川西さん、今度シバデンの人とも話し合いたいと思っていることがあるんです」

「ほう?」

「詳しいことは、また根古万知駅前商店街のほうから話が行くと思うんですが、せっかくノンちゃんのおかげで少しは根古万知に人が来てくれるようになったんだから、この際、商店街とシバデンとが協力して、この町に観光客が来てくれるような工夫ができないかって」

「まだアイデアをばらばらに出している段階なんですけど」

川西は二人の顔を見た。

「……本当に? いやあ……こういうの、なんて言うのかな。以心伝心(いしんでんしん)? いや、実は電鉄としても、根古万知駅前商店街に協力をお願いしようという話が出ているんですよ」

「集客についてですか」

「はい。もう皆さんご存じだと思うんですが、柴山電鉄は今、経営的にとても苦しいところに来ています。鉄道を廃止してバス運行に替えたほうがいい、という意見はもう何年も前から出てますし、うちはもともと観光バスも路線バスもやってますからね、バス運行に切り替えるのは簡単なんです。鉄道の跡地を売却すれば累積赤字も解消できるという試算もあります」

「……じゃあやっぱり、鉄道は廃止ですか」

慎一が言うと、川西は小さくうなずいた。

「このままだと、そういうことになるでしょう。ですが、やはり経営陣も我々も、鉄道には愛着があるんですよ。できれば残したい。廃止したくないんです。それでね、向こう一年間、なんとか鉄道を残せないか社内プロジェクトを組んで考えてみよう、ということになったんです。ほら、銚子電鉄の例もあるでしょう」

「あ、ぬれ煎餅！」

慎一の反応に、川西は少し笑顔になった。

「そうです。赤字続きで廃止間際だった銚子電鉄が、ぬれ煎餅のヒットで息を吹き返した。でもまあ、それだって、ぬれ煎餅ブームが去ってしまうと厳しかったようで、とうとう経営再建に支援を要請することになったようですが。それでも、ぬれ煎餅のヒットで売上金があったおかげで、駅の改修やメディアへの露出など、知名度をあげる試みがいくらかできた。千葉県が支援を決めたのも、銚子電鉄が観光資源となり得るという判断があったからでしょう。うちも同じだと思うんです。とにかく世間に対して認知して貰うこと。この鉄道の知名度を上げ、みんなに関心を持って貰うこと。それが何より大事だと思うわけです。県の支援とまではいかなくても、地元企業に協賛スポンサーとなって貰うことができるようになれば、今の赤字が縮小できます。赤字幅が小さくできれば、柴山観光の利益でなんとかカバーして経営が続けられる。列車を走らせ続けることができるかもしれない」

「でも、一年で結果を出さないといけないんですね」

「一年考えて何も出て来なければ、何年考えても一緒ですからね。いくら気持ちとして電鉄を残したいと思っていても、毎年積み重なる赤字を気持ちだけでどうにかすることはできません。我々だってシバデンから給与をもらって生活しているわけですから、会社が赤字では困ります。今のシバデンの経営状態からして、一年、というのはギリギリなんですよ。しかし、一年以内に赤字を解消しろってことではないんです。そんなのは奇跡でも起こらない限り無理ですからね。ただ、一年以内に増収に向けた策、それも実効性のある策を練って、シバデンが生き残れる可能性があることを示せ、ってことです」

川西はノンちゃんの頭を撫でた。

「この猫が来てくれたことが、最後のチャンスなんだ、という気がします。今こそみんなで知恵を絞って、本気で取り組まないとならない」

「わたしたちも、ノンちゃんが来たことでそういう気持ちになっているんです。この町をなんとかできないか、もう一度、生き生きとした町にできないか、って」

「不思議ですね。この猫は……みんなをこんなにやる気にさせるなんて」

「実際に、観光客が来てくれた事実が、僕らに思い出させてくれたんでしょう。根古万知は、ちゃんとよその土地と繋がっている日本の町なんだ、ってことを」

「よその土地と繋がっている」

「日本の町」

愛美と川西は、同時にうなずいた。

「その通りだ。ほんと、その通りです。絶海の孤島に人を呼ぼうというんじゃないんだ。誰だってちょっとその気になれば、ここに来ることはできるはずなんですよね。日本中の人が、ちょっとその気になりさえすれば」

5

「シャッター展覧会！」

川西は半分腰を浮かした。

「それは面白そうだ！　すぐ実行に移しましょう。いや、移していただきたい。実現したらシバデンも最大限応援します。ポスターなんかうちが作って各駅構内に貼ってもいい！」

「でも、いろいろとクリアしないといけない問題はあるんです」

慎一は苦笑いした。

「何よりも、シャッターを提供してくれる協力者が必要です。シャッター展覧会は商店街の矛盾（むじゅん）がそのまま露出する企画でもあるんですよ。商店街の中でまだ営業を続けている店はシャッター展覧会に参加することができません。展覧会用のシャッターを貸せるのは閉店した店舗の持ち主だけです」

「それはまあ、そうなりますね」

「だとすると、展覧会がうまくいって集客に成功しても、シャッターを提供した人には何の得にもならないわけです」

「あ……しかしそれは、謝礼を払えば」

「美術学校のＣＭの件が実現すれば、広告代理店を通して謝礼は支払われるかもしれません。ですが、ＣＭはあくまで一時的なもの、いや、一回限りのことと考えたほうがいいでしょう。美術学校としては、新入生確保のためのＣＭにドキュメンタリーとして映像化したいということだと思うんですが、毎年同じネタを続けるわけにはいきません。人が来なくなった商店街を学生たちの絵が甦らせました、というネタは一回しか使えない。しかも、シャッターに描かれた絵の著作権は学校なり制作した学生なりが持っているわけですから、ＣＭ放映が終わったあとでその絵をポスターなどに流用することはできないんです。それをするなら、別途使用料を払うことになります。そんな予算はもちろん、商店街にはありません。従って、ＣＭ放映が終了したら美術学校の費用で絵を消してシャッターをきれいにしておしまい、です」

「うーん。……なんとか、別の絵をまた描いて続けることはできないですか」

「そうなると、シャッターを提供してくれた人への謝礼をどうするか、という問題が出て来ます。もちろん、地元のためだからお願いします、協力してください、と頭を下げ、納得していただくことはできると思います。でもそれじゃ、一部の営業を続けている人のために、閉店した人に無理をいっているだけになる。地元の活性化をうたいながら一部の人の利益にしかならないのでは、本当の意味でのこの町の再生には繋がらないと思うんです」

「じゃあ、だめですか、シャッター展覧会は」

「いえいえ、だめじゃないですよ。僕も願ってもない話だと思ったんです。何とか実現して欲しいと。ただ、スポンサー付きの企画に頼ることは危険なんです。一回うまくいったからと言って、柳の下のドジョウを追いかけてスポンサー探しに奔走しても、そうそう続けて都合のいい話が来るはずがない。今回の美術学校とのタイアップは、あくまで、最初のきっかけにすべきだと思うんです。とにかくシャッター展覧会が実現すれば、シャッターの持ち主、つまりすでに店を閉めてしまった人たちも、商店街を活性化させることに興味を持ってくれるかもしれません。あの商店街はもうすでに、商店街としては機能していません。残っている店が少な過ぎます。でも閉まってしまったシャッターを開けて商売を再開することも、ほとんどの人には不可能です。商売を再開するには資金も必要ですし、人手も必要です。そうした資金や人手なしに商店街を復活させるには、商店街ではない何かへと……進化させるしかないと、僕は思うんです」

「商店街ではない何か」

川西は腕組みした。

「個々に店を開いて、物を売って利益を得る場、ではない何か、という意味ですよね？」

「はい。少なくとも、商店主個人個人で採算がとれるような商業施設としての再生は、無理だと思います。仮に新しい店舗が少し増えていくらか活気を取り戻したとしても、そうなるとファストフード店やチェーン展開の店がすぐに進出して来ます。そのすべてが悪いとは言いません、若い人にとってはなじみのあるファストフード店があるほうがいいでしょうし、チェーン店だってできれば人は集まります。でもそれだと、商店街のシャッターの持ち主たちは、ただの大家さんになるだけなんですよ。収入は得られますが、彼らの多くは高齢者ですから、いずれ店舗は相続人に引き継がれる。税金の支払いなどもありますし、相続人は店舗を売却してしまう。そうやって買い集められた店舗が増えていけば、いずれは、商店街の形を解体して好きに売買させろという要求が出ます」

「今でもそういう要求って、あるんでしょうね」

「僕は商店街の人間ではないので詳しいことは知らないんですが、あると聞いてますよ。ただ現状は、閉店している店のほとんどが初代というか、もともと商店街で商売をしていた人たちの持ち物ですから、商店街の解体については積極的ではないようです。ですが、何の使い道もない店舗を閉めたまま、狭い二階住居部分で生活を続けるのは大変ですし、ましてや二代目の世代になれば、アーケードなんか壊して好きなように改装できるようにしてほしい、賃貸マンションを建てたい、などと要望が出るのは当然ですよね。そういう形で商店街が消滅していくのをなんとか防げないか、この町で生まれ育った者たちが故郷の想い出のひとつにできるような場所にできないか、というのが、信平さんたちの考えなわけです。たとえば、日本中に知られた有名な祭りのように」

「有名な祭り」

「そうです。徳島の阿波おどり、秋田の竿燈、青森のねぶた。ああした大きな祭りのあるところでは、故郷を出て行っても祭りの時期になればみんな帰って来ます。子供の頃からその祭りとかかわって育っていて、心の中に祭りが染みこんでいるんです。だから故郷を離れて暮らすことになっても、故郷が心から消えてしまうことがない。この根古万知にはそうしたものがないんですよ。親が元気なうちは盆や正月には里帰りもして来るでしょうが、一度縁遠くなるともう戻って来なくなる。都会生活に見切りをつけて田舎で暮らそうと考えても、わざわざここには戻って来ない。炭坑が閉鎖されて以来、根古万知は町自体、地域自体が、そこに住む人々を魅了しようという気概を失ったんです。どうせここにはなんにもない、だから何やっても一緒だ。そうした諦めが次第に地域全体に充満してしまった。そうなると、そこに住んでいる若者にとっては、ただ息苦しさだけが残ります。

諦めに満ちた空気の中で育てば、自然と、早くここを出て都会で暮らしたい、という憧れが大きくなる。何を隠そう、僕自身がそうでしたから。高校生の頃にはもう、ここを出て東京で暮らすことばかり考えていた」

「商店街を中心に、今ここで育っている若者たちが想い出の拠り所にできるような空間を作る」

　川西は深くうなずいた。

「そしてそこに、わがシバデンが関与できれば」

「シバデンは今でも、若者にとっては想い出の拠り所です。高校生になればこの町の子はみんな、シバデンで通学する。ですから、シバデンが計画に加わってくれることはとても重要なんです」

「すぐに社に戻って、社内で報告できるように今うかがった構想をまとめてみます」

「あ、でも川西さん、僕が今話したことはあくまで個人的な意見で、まだ商店街の人の総意はとりまとめてません。そっちは信平さんが中心になってやってくれると思いますが、意見がまとまらない内に僕が喋ったようなことが商店街の総意だと誤解されると、反発を買うかもしれません」

「わかってます。誰が言ったこと、誰の考え、というように報告するのではなく、そうした方向性に沿って自分なりのアイデアを出してみます。それによってはシバデンとしても、商店街の皆さんに協力していただきたいことが出て来るかもしれません。しかし、今のお話で少し希望が湧いて来ましたよ」

川西は笑顔で言った。

「地元の皆さんと一緒に盛り上がれる企画が立てられれば、鉄道の存続には大きな力になります。わがシバデンは鉄道会社なんです。鉄道を持っていて列車を走らせることができる、それがシバデンで働く我々の誇りです。赤字だから廃止すればいい、そんな簡単に割り切れるもんじゃないんです。列車を走らせ続けるためにできることは全部やってやります。それが、鉄道会社を選んで就職したわたしらの意地ですから」

「川西さん、熱いですね」

愛美が言うと、慎一はうなずいた。

「なんだか、羨（うらや）ましいな」

「羨ましい？」

「自分が所属している組織に対して、ああいうふうに愛を示す人たちのことがたまに羨ましくなるんです。僕にはそういう、帰属意識みたいなものって希薄だから。いや、むしろ、そういうのが嫌いだったんですよね。だからろくに実績もないうちからフリーランスになってしまった。愛社精神なんて、正直、くだらないと思ってました。社員がいくら愛社精神を発揮したところで、企業ってのは利益を追求するためにあるんだから、知らない間に搾取されるだけじゃないか、ってね。まあその考え方は変わってませんが」

慎一は肩をすくめた。

「でも川西さんみたいにあけすけに、わがシバデン、なんて言い方されてしまうと、そういう気持ちで生きていることが少し羨ましくなるんですよ。少なくとも彼には、誇れるものがある」

「慎一さんには、ないんですか？……あると思いますけど」

「どうかなあ」

「わたしにも誇れるものはない、のかも」

愛美は言った。

「わたしが根古万知のことに夢中になっているのって、もしかすると、誇れるものを持ちたいからかもしれないです」

「つまり、この町はまだ僕らにとって、誇らしく思える故郷ではない、ってことですね」

愛美は小さくうなずいた。

「悲しいですけど……今はここを誇らしく感じる気持ちは持っていません」

「僕もだ。僕も、それが悔しいんだ。東京で暮らしているとね、田舎者同士で田舎自慢になることがあるでしょう、酒なんか飲んだ時に。ある人は、故郷の海がいちばん綺麗だと言う。ここには海がない。ある人は、故郷の山が素晴らしいと言う。ここにはたいした山もない」

「お祭りも、食べ物も、名物と呼べるものがないんですよね。甘夏とかおイモとか、美味しいものはあるけど、全国的に有名なわけでもないし」

「それなりにいいところだとは思うけど、じゃあ都会の人を連れて来て、どうだいいところだろうと自慢できるかと言われたら躊躇してしまう。僕はやっぱり、そういう時に自慢できるものが欲しい。自然だとか素朴な田園風景だとか、そういうのが本当はいちばんの宝なんだとか言われたって、そういう理屈じゃないんですよね。もっと子供っぽい感情なんです。おらが国さを自慢したい。郷土愛って、そういう感情に支えられているもんじゃないかな。だからこの町の人たちは、こんなにあっさりと諦めてしまったように思うんです。炭坑が閉鎖されてからどんどん活気を失っていく現実を前にして、それでも何かひとつ、これだけはどこにも負けない、ってものがあったらもっと頑張れたんじゃないか、って」

「その、自慢できるもの、をこれから作る。自分たちの手で作る。そういうことなんですよね……」

「あ、良かった、愛美さん、まだいらしたんですね！」

二人の前に軽自動車が停まり、運転席から佐智子が転がるように降りて来た。

「ノンちゃんは！」

「ここにいますけど？」

愛美はベンチに繋いだ長めのリードを手でたぐった。リードの先で猫がにゃあ、と鳴いて返事した。猫はベンチの下の、夕陽の残りが当たる場所で気持ち良さそうに丸くなっていた。

「ノンちゃん、貸して貰えませんか！」

「佐智子さん、どうしたの？」

「おじいちゃんが！」

「どうした？　何かあった？」

佐智子は慎一と愛美の顔を交互に見て、それから言った。

「倒れたんです」

「そんな！　大丈夫なの⁉」

「さっき入院しました。あ、でも、大丈夫です、命に別状はありません。まだ精密検査してないんですけど、お医者さんが言うには、軽い脳梗塞だと」

「脳梗塞って、大変じゃないか！」

「はい、でも、ほんとに命は大丈夫だとお医者さんが保証してくれましたから。三時間くらい前に倒れて、入院したんですけど、今はもう本人もしゃべってるし……あの、でも、おじいちゃん、どうしても猫に逢いたいって。ノンちゃんのことだと思うんです。ノンちゃんに逢いたいと言い張ってるんです。だからあの」

「一緒に行きます」

愛美は急いで猫をベンチの下から抱き上げた。

「でも佐智子さん、病院の中に猫は連れて入れないでしょう。どうしたらいいのかしら」

「おじいちゃんが入院している部屋の窓から、『スーパーさとう』が見えるんです」

「あの、国道沿いの？」

「はい。入院したのが藤田病院なんです」

「『スーパーさとう』の裏だね、藤田病院は」

「だから『スーパーさとう』の駐車場に連れて行けば、窓から見ることができると思うんです」

「よし、わかった。急ごう！　僕も車あるから、ノンちゃんと愛美さんは僕が送ってく。サッちゃん、先に行って。すぐ追いかける」

「ありがとうございます。よろしくお願いします」

佐智子の軽自動車は去り、慎一はロータリーの反対側の駐車場まで走って行った。愛美はキャリーケースの中にノンちゃんを入れ、慎一の車の助手席に乗りこんだ。

「なんだろうな」

慎一がハンドルを握ったまま、不安げに眉を寄せた。

「欣三さん、どうしてノンちゃんに逢いたがってるんだろう」

「欣三さん……実は、わたしと信平さんが、おかしなところで欣三さんを見かけたんです。先日の定休日に」

「おかしなところ？」

「はい。あの、ＵＦＯの丘の近くで」

「ＵＦＯの丘って、あの変なブログに載ってる？」

「欣三さん、知らない人の車に乗って行ったんです」

「……知らない人？」

「わたしも信平さんも記憶にない人でした。もちろんわたしたち、町の人全員の顔を知っているわけじゃないんですけど……」

不意に、猫が不安げな鳴き声をあげた。

「ノンちゃん？」

愛美はキャリーの中を覗きこんだ。

「もしかして、欣三さんが入院したことがわかってるのかな」

慎一は言って、キャリーの方に視線を向けた。

五章　女優参上

1

「欣三さん、認知症かなり進んでいるのかな。サッちゃんも心配だよね」

信平がコーヒーをいれながら首を振った。欣三のことがあって臨時休業にしたので店内に客はいない。

「詳しいことは知らないけど、認知症って、おかしな言動をとる時と、正常な時とがモザイクのように混ざることがあるんだってね。欣三さんも今のところ日常生活はできてるみたいだから、ふっとおかしくなっちゃうことがあるんだろうな」

「ノンちゃんの顔を見て、少しは落ち着いたでしょうか」

「本人がノンちゃんを見たいって言ったんだから、見て満足はしたと思うよ」

信平はコーヒーカップをカウンターに置くと、内緒話でもするように身を乗り出した。

「紙芝居（かみしばい）コンテスト、ネットで話題になれば集客が見込めるよね」

「そう思います。今、SNSの力って大きいですから。わたしも詳細が決まったら、twitterなんか使って告知してみようとは思うんですけど、個人のアカウントじゃフォローしてくれているのは知人ばかりなんで、そんなに拡散はできないですよね……」

「それなんだけどさ、ある程度世間に名前が知られてる人がネットで宣伝してくれたら、起爆剤になるかな、と思ってね」

「ある程度、名前が知られてる……」

「女優さんなんかどうかな。そんな大スターじゃないんだけど、そこそこ、ドラマや映画に顔は出ている」

「それは……そんな方が協力してくださるならすごいです！　でも信平さん、そんな方に知り合いが……？」

「うん、まあ」

信平は照れていた。頭をかいて、ニヤニヤ笑っている。

「まさか……昔の恋人が女優さんだとか！」

「いやいや、恋人なんかじゃない。昔の知り合いには違いないんだけど……俺、東京で暮らしてたの知ってるよね」

「ここを叔母さんから譲られる前は東京にいらしたって」

「大学から東京でずっと向こうにいたんだけど……ほんとまだ若い頃、飲み友達だった人がいるんだ。女の人なんだけど、俺が行き付けだった飲み屋の常連さんでね」

「なんだか格好いいですね、女性で、飲み屋さんの常連なんて」

「格好いいというか、なにしろすごいウワバミ女で、ウイスキーのボトル一本空けても平然としてるような人だった。豪快でね、見た目は美人だったが、とてもじゃないけど色っぽいことを想像できる相手じゃなかったよ。でもすごく楽しい飲み仲間だった。彼女は女優の卵で、劇団の研究員だったんだ。だからいつも金欠で、一週間、パンの耳に塩つけて食べてるみたいな生活してんのに、酒だけは飲むんだ。当時俺はいちおう仕事持ってて定収入があったから、結局なんだかんだ、いつも奢らされてたな。でも腹は立たないんだ。むしろ彼女と飲めるなら、酒代くらいこっちで持ってもいいや、って気にさせる人だった」

「なんだか素敵な女性ですね」

「まあね、素敵と言えば素敵だけど、とにかく酒飲みな上にね、態度もでっかくて」

信平は思い出し笑いした。

「人によっては苦手だと思うだろう、そんな人だ。その人は努力の甲斐（かい）あって、やがて女優として芽を出し、キャリアを積んで、今はよく知られた女優になってる。三十代も後半になってから売れ出したから、美人女優というイメージよりも、個性派の中年女優として知られてるけど、若い頃はほんとに綺麗（きれい）だった」

「それって、音無佐和子（おとなしさわこ）ですか！」

「……どうしてわかった？」

「ウワバミで有名なんですよ、今でも。酒の強い女優といえば、音無佐和子の名前が出ますよ！　音無佐和子さん……ドラマに出ているあの人ですか！」

「本業は舞台女優だが、ドラマにもよく出てるね」

「すごい、あんな有名女優と昔なじみなんて！」

「昔なじみってより、ほんとに昔の飲み友達ってだけのことなんだ。俺もいろいろあったし、あの人も女優としてのステイタスが上がって引っ越して、もう十数年会ってない。ただ、Ｆａｃｅｂｏｏｋの彼女のページにコメントをつけたら、メッセージが返って来てね。俺のこと憶えていてくれたんだ。それで、ネットではやり取りするようになった」

「まさか信平さん、音無佐和子がねこまち文化祭に協力してくれるかもしれない、んですか！」

「まあまあ、まだそこまで具体的には運んでない。いくら昔の知り合いでもプロの女優さんだ、イベントに参加して貰うなら事務所に仕事の依頼をして、出演料だって払わないとならない。シバデンが了解してくれるかどうかもわからない」

「まあそれは、そうですけど」

「昔の知り合いだってだけで、忙しい彼女に無理にスケジュールを空けさせたり、無料でイベントに出演してくれなんて頼むのは嫌だしね。そういうことをするのは、プロの女優として成功している昔の仲間に対して、とても失礼なことだと思うから」

「……確かにその通りですね。すみません、ちょっとはしゃいじゃいました」

「でも、メッセージを寄せて貰うくらいならそう時間もとらせないし、彼女のブログやｔｗｉｔｔｅｒでちょっと言及して貰うだけでも違うだろ？　それだってなかなか、言い出すのが図々しいみたいでできなかったんだけど」

「てことは、依頼はしたんですね！」

「うん。……まあ、お願いできれば、って感じで。彼女は、事務所に許可を貰うと言ってくれた。と言うか、わざわざ電話くれてね……」

信平はまた、頭をかいた。いつのまにか、首のあたりまで赤くなっている。

「ま、とにかく、メッセージが貰えたら商店街のアカウントに転載させて貰おうと思うんだ。彼女はね、児童養護施設での紙芝居ボランティアを長年やってることでも知られてる人なんだ。だから、紙芝居、という企画にとても興味を持ってくれてる。きっと、いいメッセージが貰えると思う」

信平はそう言ってから、まだ赤味の残る首筋を撫でた。その様子の初々しさに、愛美は、信平が遠い昔、そのウワバミ女優の卵に恋をしていたのかもしれない、と思った。

2

音無佐和子からのメッセージはすぐに届いた。柴山電鉄のサイトに大きくアップロードされたそのメッセージは、音無佐和子の紙芝居に対する想い、地方の過疎化問題に対する真摯な考え方などがよく表されている、素晴らしいものだった。さらに、事務所の許可を得ているからと添付されていた音無佐和子のポートレートも、なかなか素敵だった。ねこまち甘夏を意識したのか、明るいオレンジ色のTシャツを着て健康的な化粧をした音無佐和子は、信平よりも年上のはずなのに、まだ三十になるかならないかくらいに若く見えた。そして、猫を抱いていた……なんと、ノンちゃんそっくりの。

「あれはほんとびっくりしたよ」

信平がコーヒーをいれながら言った。

「本物のノンちゃんかと思った。シバデンの誰かが勝手にノンちゃんを東京まで連れて行っちゃったのかな、って一瞬思った」

愛美は笑った。

「いくらなんでも、ノンちゃんが誘拐されてたらわたし、気づいたと思います」

「そりゃそうだけど」

「でもほんとにそっくりですよね。音無さんの飼い猫なんですか」

「どうもそうらしいんだ。実はね、俺の依頼を受けた時にシバデンのサイトで、一日駅長してるノンちゃんの写真を見て、彼女もびっくりしたらしい。でも俺を驚かそうと、何も説明なしであの画像をシバデンに送ったんだぜ。まったくあの人らしい」

信平は、コーヒーをカップに注いだ。

「ちょっと試してみて。豆を替えてみたんだ」

「あら……優しい香りですね」

「これまでのより少し香りの個性が弱いんだけど、そのかわりミルクととても相性がいい豆なんだ。ストレートで飲むと苦味が強く感じられるかもしれないんだけどね、ミルクをたっぷり入れると苦味が丸くなって、でもコーヒーの味はしっかり残って、すごく美味しいミルクコーヒーになる。ミルクコーヒーなら、コーヒーを敬遠しているお年寄りにも人気が出そうだろ？」

「そうですね、それに女性の好きな味だという気がします」

「そのへんももちろん狙ってる。この豆は砂糖とも相性がいいから、甘く味をつけたミルクコーヒーにしても美味しい。カフェオレ、みたいなこじゃれたものじゃなく、もっと素朴に、ミルクコーヒー、と呼べるような飲み物を作りたいんだ。で、そのミルクコーヒーにこれを添える」

信平は、カウンターの上に皿を置いた。皿の上には薄く黄色がかった白いパウンドケーキが丸ごと置かれていた。

「わあ、綺麗！　オレンジケーキですか。かかっているフォンダンは……ミルクベース？」

「ミルクと卵白、それにねこまち甘夏の砂糖漬けをほぐして入れて作ってある。中身も、前に作ったケーキより軽い、ふわっと白っぽいケーキなんだ。どうもね、前に作った甘夏ケーキは、コーヒーより紅茶との相性が良かったのが気に入らなかった。紅茶もうちのメニューにはあるけど、俺は美味いコーヒーがこの町でも飲みたくて、この店を譲り受けたんだ。だからもっともっと、この町の人たちにコーヒーを飲んで貰いたい。で、ミルクコーヒーと相性のいい甘夏ケーキを作ってみたわけ」

愛美はケーキをフォークで少しとって口に入れた。

「……いい香り。それにこちらも優しい味ですね」

「ミルクコーヒーを甘めにしても甘さがぶつからないように、ケーキのほうは甘さをできるだけ控えめにして、その分、ミルクのコクと甘夏の香りで満足感が得られるようにしたんだ。空気を多く入れて小麦粉の量も少ないから、比較的カロリーも低いしね。女性にはそういうとこも大事でしょ」

「大事です！　でもこれ、日持ちはしないですね」

「まあそれが難点だな。前に作った甘夏ケーキは、土産物に転用することまで考えて日持ちする作り方だったけど、これは朝作って夕方までに売り切ることしかできない。でもそれでいいと思ってるんだ。このケーキはミルクコーヒーとセットで楽しむためのものだから。で、このセットの名前が、ねこまちミルクセット。この際、勝手にねこまち名物、って名乗らせてもらって、紙芝居コンテストの日だけ、駅前に屋台を出して売るつもりなんだ」

「屋台ですか！」

「うん。駅前のロータリーはシバデンの土地だから、今、シバデンに使用許可の交渉中。許可が出たら今度は、容器を調達しないとな」

「あ、何それ、新作？」

ドアが開いて、入って来た女性の声がした。

「綺麗なケーキ！　試作品の試食中なの？」

愛美は振り向いて、そしてかたまった。頭に血がのぼったようになって、声が出なかった。

「……い、いらっしゃいませ」

ようやく絞り出した声がひどくかすれていて、自分の動揺に自分で恥ずかしくなった。

おそるおそるカウンターの中を見ると、信平もかたまっている。

「わたしも試食したいなあ。だめ？　信平くん」

「……ど、どうして……あの、えっと」

「どうして、って、久しぶりに連絡くれたの信平くんのほうじゃないの。メッセージどうだった？　もう反響、あった？」

「いやあの……ありがとう。柴山電鉄の広報の人たちもすごく喜んでました」

「す、素敵なメッセージでした」

愛美は慌てて言って、頭を下げた。

「本当にありがとうございました」

「良かった。明日ね、関西でロケなの。今日はたまたま一日空いたんで、それなら前乗りしてここに寄ってみようって思ったのよ」

「そ、そうなの。ここ、すぐわかった？」

「ちゃんとこれ持ってる」

音無佐和子は、小さめのタブレットをコートのポケットから取り出した。

「商店街のサイトで地図見て、このお店のページで入口の画像も確認したから、すぐわかったわ。でも……思ったよりちっちゃいね。内装もちょこっと、昭和レトロ？」

音無佐和子はぺろっと舌を出した。

「ごめん、余計なこと言った」

「相変わらずですね」

信平は笑った。

「もともとは叔母が長いことやってた喫茶店で、居抜きで譲り受けてからちょっとずつ自分で改装はしてるんだよ。でもその、資金がないんで、今風の洒落た店にはなかなかできなくて」

「Ｆａｃｅｂｏｏｋでメッセージ貰った時から、ここに来て信平くんのいれてくれるコーヒー、飲みたかったの。あ、コーヒーひとつください。それとさっきのその」

「どうぞ、試食してください。自信作なんだ」

「信平くん、昔から料理、上手だったもんねー」

「そうなんですか」

愛美が思わず言った。

「信平さん、このお店開くまでそういうこと、なさったことがなかったのかと」

「料理、なんてレベルのもんじゃなかったよ。焼きそばとかラーメンとか、そういうのがちょっと作れただけ」

「それが美味しかったのよ。信平くんが残った御飯で作ってくれた焼き飯、今でも忘れられない」

「それは佐和子さんがいつも貧乏で、ろくなものを食べてなかったからだよ」

信平は笑いながらコーヒーのカップを音無佐和子の前に置いた。

「パン屋さんで一袋五十円のパンの耳買って、それに塩つけてかじってたんだから、あなたは」

「あの頃の劇団の研究生なんて、みんなそんなもんよ。親が裕福で仕送りでもして貰ってなかったら、まともなものなんか食べられないのが普通だった。アルバイトをいくらしたって、公演のたびにチケットのノルマがあるんだもんね。それに研究生は無給、ダンスレッスンやボイストレーニングの費用はかかるし。そもそもバイトだって、公演準備がある時はできないんだから、お金の稼げるバイトは無理なんだもん」

「佐和子さんは確か、居酒屋でバイトしてたんだよね」

「まかない付きだったから、時給は安かったけどやめられなかったわ。週四回、バイトのある日はちゃんとした御飯が食べられる、それだけで嬉しかった。あと、短期のバイトをできる時にできるだけやって、それでちょこっと小金が手に入った時にスーパーで食べたいもの買って、信平くんのアパートに遊びに行くの。で、買って来た食材渡して作って貰うのよ、いろいろ。それがもう、何よりの楽しみだった」

「豚のバラ肉のすき焼きとか、やったなあ。キャベツいれて」

「あの頃いちばん安いのが豚のバラ肉、野菜はキャベツだったからねえ。今はキャベツもけっこう高いし、豚肉もイベリコなんとかなんか、びっくりするような値段だけど。うわ、このコーヒー、美味しい！」

「佐和子さんはブラック党だったから、いつものブレンドで」

「いつものじゃないのもあるの？」

「今、ミルクコーヒーの試作中なんだ。紙芝居イベントの時に屋台で売ろうと思って。紙芝居イベントに来る人は女性やお年寄りが多いから、ミルクコーヒーのほうがいいんじゃないかと」

「子供は？」

「カフェインレスのを用意するつもり」

「で、このケーキもつけるんだ。……これも美味しい！　この柑橘が利いてるね」

「それがこのあたりの名産の甘夏みかんで、ねこまち甘夏、ってブランド名が付いてる。でも甘夏みかんは生で食べる果物としてはもう、人気がないからね、お菓子や飲み物に加工しないと人気が出ないんだ」

「美味しいのにね」

「生食でも意外とイケるんだ。甘夏みかんとしては糖度が高いほうだと思う。でも最近の人って、酸っぱい果物は食べないからなぁ。柑橘類でも、より糖度が高い品種がもてはやされる」

「でも酸味が少しあったほうが、ジュースなんかだと美味しいわよ」

「夏みかんは苦味があるから、ジュースにするなら砂糖をどっさり入れないと美味しくならないんだ。それに実際のところ、もうねこまち甘夏を栽培してる農家はそんなに多くないんで、ジュースに加工する二級品が足りない」

「マーマレードは？」

「美味しくできるよ。でも専門に作ってるとこはないんだ。設備投資してマーマレード作りに賭けようという農家がない」

「いろいろ大変なのね」

音無佐和子は、溜め息をひとつついて、残りのケーキを口に入れた。

「で、信平くんは、このケーキに賭けるわけか」

「いや、ケーキとミルクコーヒーは期間限定商品だよ」

「あらどうして？　これすごく美味しいのに」

「うちには製菓工場があるわけじゃないから、一人で毎日焼けるケーキの量はたかがしれてる。この店の仕事をほっぽらかしにもできないし。それに限定販売にしたほうが、プレミア感が出るでしょ。今回の屋台は、とにかく紙芝居コンテストを盛り上げる一つの手段、というか、屋台自体が一つの出し物、イベントと考えてる。紙芝居コンテストを見るためにシバデンに乗って来た人が、ケーキとコーヒーを気に入ってｔｗｉｔｔｅｒなんかに書きこんでくれて、それで根古万知の名前が世間に知れる、それが大事なんだ」

3

「信平くん、なんかすごくいい顔してる」

音無佐和子が微笑(ほほえ)んで信平を見上げた。

「やっぱ故郷に戻るのって、いいもん？」

「そうだなあ……単純にいいもんとばかりは言えないけど。ここは産業がない、働く場所が足りない、だから若い人がどんどん出て行ってしまう。そんなの今の日本ではいたるところがそうなってるから、別に珍しいことでもないんだけど、実際にその中で商売していこうとしたら、若い世代がいない町って難しいよ」

「やっぱりお金つかうのは若い子たちなの？」

「いや、そうでもないと思う。このご時世だからね、働き盛りだって満足のいく収入が確保できてる人はそんなにいないでしょ。ましてや若い世代は収入も低いし、将来に対していろいろ不安定な要素が多いから、気楽に有り金はたいてしまう、なんてことはできない。経済的に余裕があってお金をつかえるのは、勝ち組の年金生活者がいちばんでしょう、やっぱり」

「勝ち組の年金生活者、か。なんとか倒産もリストラもなく定年まで、そこそこの会社で勤め上げて、住宅ローンの返済も終わってて、子供たちもみんな独立して」

「大病もせず、老夫婦二人、年金でも充分に暮らしていける人たち。そのうえちょっとは貯金も持っててね。羨（うらや）ましいよね」

「でもそんな人たち、たくさんいるのかしら。少なくともわたしの周囲では、定年になっても再就職先を探している人ばっかりよ。年金だけで優雅に暮らしていけるお年寄りなんて、そんなに多くないと思うけど」

「うん、多くはない。でもそういう人たちしかお金をつかわない時代だから、どんなに少数派でもその人たちに向けた商品を売るしかない。最近さ、新聞の旅行関係の広告みるとびっくりするんだよね。国内旅行なのに二人で三十万、とかなわけ。それも一週間じゃないんだよ、たった二泊三日で」

「二泊三日で一人十五万？　それだけあればハワイ、ううん、安いツアーならヨーロッパに行けるわよ」

「でしょ。でも行き先は国内、それも瀬戸内海（せとないかい）だとか能登（のと）半島だとか、東京から行くと考えてもそれほど遠いとこじゃないんだ。で、びっくりしてよく読んでみるとね、たとえば新幹線はすべてグリーン車、宿はSランク、高級旅館や高級ホテルなんだよね。昼食もどこそこの料亭の特製弁当とか。なるほどそうやって贅沢(ぜいたく)すれば、二泊三日の能登半島に十五万もかかっちゃうよね。こんな贅沢な旅行、行く人なんかいるんだろうか、と思ったら、すでに満員の日があります、とか書いてあって。こんな贅沢ができるシニア層が、やっぱりこの国にはたくさん存在しているんだなあ、ってあらためて感心した。なのに、この町には、そんな優雅な老後をおくっているご夫婦は何組もいない。畑や田んぼ持ってる家が多いから、食べるのに困ったりはしてないと思うけど、みんな慎(つつ)ましやかだ。特にこの商店街はね、ご覧の通りのシャッター通りになっちゃってるでしょう。ここで商売していた人たちはみんな、赤字に耐えきれなくて店を畳(たた)んだ。店を畳んでからも、仕入れのためにつくった借金を払い続けている人もいる。商売人は厚生年金に入れない、国民年金は基礎額が低い。年金で生活すること自体、国民年金しかかけて来なかった人にとっては厳しい話なんだ。贅沢三昧(ざんまい)の旅行の広告を見ながら、この町を捨てて都会に移住して行った人たちのことを思い出した。彼らのほとんどが、国道沿いに土地を持っていた。それらの土地を大型スーパーや、ファミレスなんかに土地を貸す不動産屋が買い取った。あの人たちは今頃、どんな暮らしをしているんだろう、そんなことを考えるんだ。土地を売った金で優雅な老後を過ごしているんだろうな、こんな贅沢な旅行をしているんだろうな……そんなことをさ」

佐和子は微笑んだ。

「世の中、そんなに簡単なものじゃないと思うけど。土地を売ってお金を手に入れても、どこか別の場所で暮らしていくにはやっぱりお金がかかるんだし」

「わかってるんだけどね。わかってるんだけど、ついそんなひがみっぽいことを考えてしまうんだよ。そして、そんなふうに考える自分が嫌で嫌でたまらなくなる。で、思ったんだ。つまり俺は、ここが、この根古万知ってところが、貧しくてつまらないところだと本音では思っているんだな、って。故郷を愛してるなんてきれいごと言ってみたところで、本当はここに戻って来たことを後悔しているのかもしれない、って」

「後悔、してるの？」

佐和子の問いに、信平は明るく笑った。

「少なくとも立て前というか、表向きの俺の気持ちとしてはまったく後悔していない。むしろ、けっこう今の状況は幸せだなと思ってる」

「で、本音は？　裏の気持ちは」

「わからない」

「自分の気持ちなのに？」

「うん、自分の気持ちなのに、わからないんです。普段は幸せだと思っているのに、ふとした時に、このままではだめだ、って気持ちが強くなる。そんな状態がこの二年、続いて。それでまあ、もうぐだぐだと悩んでいるのも性に合わないしね、行動しよう、って決めたわけです。この町を活気のあるおもしろいところに変えて、ここを出て行った人たちよりもここで暮らす俺たちのほうが、楽しくて幸せなんだぜ、って思えるように、ここを変えたいと思った」

佐和子は空になったコーヒーカップを愛美の方に差し出した。

「おかわり、お願いできます？　ほんとに美味しい、ここのコーヒー」

佐和子はもう一度店内を見回した。

「内装、叔母(おば)さまがここをやっていらした時のまま？」

「さすがに破れていたソファとか、壊れてガタガタしてたテーブルは取り替えたけど、予算がなかったんで他はほとんど前のまんまです」

「昭和の匂いがする」

佐和子は立ち上がり、壁に飾られている写真を見た。

「これが……この商店街が賑(にぎ)やかだった頃の写真？」

「ああ、それ。それはたぶん、ここの常連さんの中に、商店街で写真館をやってた木下(きのした)さん、って人がいたんでその人が撮ってくれたんだと思うけど」

「昔は、どの町にも写真館があったのよね……デジカメなんて影も形もなかった時代。簡単にコンピュータープリントしてくれるチェーン店なんかも、もちろんなかった。だから人々はみな、自分のカメラで撮ったフィルムでも写真館に持ちこんで現像して貰っていた。そしてそういう写真館はスタジオを併設していて、特別な写真はそのスタジオで撮って貰ったのよね。七五三、成人式、卒業写真、お見合い用の写真……」

「今は減りましたね、町の写真館。木下さんも、もう二十年ぐらい前に店を畳んだはずです」

「スタジオはまだあるのかしら」

「どうだろうな。でも店自体は取り壊したりしてないはずですよ、アーケードの一部だから取り壊し工事をするには商店街に届け出て貰わないとできないんです。中だけ改装するならそういうのもいらないんだけど、木下さんとこ、店を閉めてからあの店舗を誰かに貸してはいないと思うし」

「じゃ、昔のスタジオが残っている可能性もあるのね」

「スタジオって言っても、俺の記憶にある限りはすごく狭い、畳二枚か三枚くらいのスペースだったけどね。でも背景のカーテンの色を何枚か選べるようになってて、撮影の時はライトもちゃんと当ててくれるんで、ちょっと緊張したな、あそこで写真撮って貰った時は」

「信平くんも撮って貰ったんだ」

「そりゃ、この町は他に写真館ってなかったから。五歳の時に七五三で、それと小学校に入った時にランドセルしょった姿で撮ったこと憶えてるな」

「最近、ああいう写真館ってほんと見なくなったけど、みんな記念写真ってどうしてるのかしら」

「最近どこのショッピングモールにも入ってる、いろんな衣装揃(そろ)えてるデジタル写真館を使ってるんじゃないかなあ。佐和子さん、写真に興味あるの」

「そりゃいちおう女優だもの、写真は好きよ。ただ、ちょっとね……ちょっと思いついたことがあって」

「思いついたこと？　紙芝居コンテストのことで？」

「それなんだけど」

佐和子はコーヒーカップを見つめながら言った。

「今度の紙芝居コンテストって、信平くんがしようとしている町おこしの一環なんでしょ？」

「うん」

「紙芝居だけじゃ地味だよね。でも信平くん、電話で、文化祭みたいなものにしたいって言ってたよね」

「いずれは、って話なんだけど。この町には観光客を呼べるような祭りがないんだ。観光客のことだけじゃなくて、自分が子供の頃に参加した祭りの記憶って、けっこう重要だと思うんだ。そういう故郷の記憶、故郷の想い出をたくさん持っている人ほど、将来故郷に戻る率は高いと思う」

「そうなのかな……わたしは東京生まれだから、そのあたりもひとつピンと来ないけど。でも確かに、大人になってから都会暮らしに嫌気がさして故郷に戻る人は、故郷に楽しかった想い出のある人、だよね。想い出が何もなかったら、いくら自分の生まれたところでも、わざわざ戻ろうとは思わないかも」

「だから、祭り、を作りたいんだ。観光客も来るけれど、何より地元の子供たちが喜んで参加するような祭りを」

「それが文化祭なの。甘夏祭り、みたいなんじゃなくて？」

「甘夏祭り、みたいな発想だと、本当に想い出になるのかな、って思ってさ。あの手の祭りはいわば収穫祭だから、作物の品評会みたいなものが主体でしょう。もちろん屋台がたくさん出て、近所の顔見知りが集まって、まあそういうのも楽しいんだろうけど、子供たちはただ飲み食いして、あてもんやって、そのくらいの記憶しか持たずに終わるでしょう？　どこそこさんちの甘夏が一等賞とりました、なんてこと、子供たちはすぐに忘れてしまうしね。でもみんなが何らかの形で企画に参加する文化祭型の祭りなら、自分がどんなふうにそれに関わったか、子供たちはみんな憶えていてくれると思うんです。たとえば紙芝居コンテストにクラス単位で応募したとすれば、絵の色を塗ったとか文章を考えたとか、何か自分がしたって記憶を持つことができる。だからもっともっと、地域の子供たち、小学生だけじゃなくてできれば中学生高校生が参加できる企画を考えたいんです。ただし、お金はかけずに」

「そこがポイントなわけね」

「重要なポイントです。とにかく商店街も町も柴山電鉄も、みんな揃って資金が乏しいわけ。ゆるキャラが創りたくてもデザイナーに依頼する予算もないんです。着ぐるみひとつだって、オリジナルを作って貰うとかなり高価なものになるし。必然的に、参加者が自前でアイテムを持ち寄ってくれるコンテスト形式のものを取り入れざるを得ない。佐和子さんにお願いしたメッセージだって、本来なら謝礼は出さないといけないわけで……」

「だからそれはいいのよ。メッセージの謝礼なんて最初っからあてにしてないんだし」

「もし予算がもっと豊富にあったら、紙芝居を一つ佐和子さんにも読んで貰うとか、そういうこともできたんですが」

「ギャラなんかいらないけど、その文化祭、実現しそうなら参加したいのよね」

佐和子の言葉に、信平も愛美も驚いた。

「参加って、いったい」

「ここだけの話にしてね、まだ。知られて困ることでもないんだけど、もう少し具体的になるまでは雑音に邪魔されたくないの」

「口は堅いって知ってるでしょ」

「うん、だから喋っちゃう。実はね、わたし、映画を撮りたいと思っているの」

「撮るって、監督するってこと？」

佐和子はうなずいた。

「信平くんは知ってるけど、わたし昔は脚本も書いてたのよね。昔から、役者として演じるだけじゃなくて、映画や舞台を創り上げること全般に興味があった。最近もいくつかの舞台を演出したりしてるの。で、なんとか一本撮る分くらいの資金のメドがついたから、いよいよ映画を撮ろうと思ってる。でも知っての通り、映画ってものすごくお金がかかるのよ。わたしが借金して用意できた程度の資金じゃ、ロードショーにかかるような作品はとてもとても無理。だから最初の作品は、わたしに用意できた予算の範囲で撮ることにしたの。限りなく自主上映に近い形で公開することになると思う。もしこの町のその、信平くんたちが考えているような文化祭が実現したなら、そこで上映させて貰いたいの」

「それはもちろんいいけど、でもそんな、何千人も観客集めることは難しいと思うよ」

「わかってます、もちろん。でもその文化祭は町と、それから柴山電鉄が後援することになるわけでしょ」

「後援、になるかどうかはまだ何も決まってないけど、無関係ってことはないと思う。実際、紙芝居コンテストはシバデンの広告企画になったわけだし」

「そういうところのwebサイトやポスターで宣伝して貰えるだけでありがたいの。それともう一つ。その映画って、デジタルカメラの時代になってもフィルムで撮り続けている、写真館の主（あるじ）の息子が主人公なの。その人がフィルムの現像をしながら、回想にふける話。オムニバスで短いエピソードがいくつかあって、最後にそれらが繋（つな）がる、そんな内容。それぞれの短い話が、とある事件の真相を暴露するわけ。その写真家がずっと抱えていた、ある秘密の」

「面白そうです」

愛美が思わず言った。

「わたし観（み）たいです、その映画！」

「ありがとう」

佐和子は笑った。

「でもまだ、撮ってないから幻の作品ね。これからその幻をなんとか現実にしたいんだけど。それでね……もしその木下さんのやってた写真館が、スタジオや現像室をそのまま残しているんなら、撮影場所として貸して貰えないかな、って。そこだけじゃない、このアーケードも撮影したいな、と思ったの。駅からこの商店街に踏みこんだ時に、ここだ、ここしかない、って思った」

「根古万知駅前商店街で映画のロケですか！　すごいです、面白そうです」

「そんなに感激して貰っちゃうと心苦しいんだけど、まあその、要するにね、このさびれ具合というか、店がほとんど閉まってる光景が、イメージにぴったりなのよね……あ、信平くん、ごめんなさい」

「いやまあ、さびれてるのは事実だからいいんだけど」

信平は腕組みした。

「ただ木下さん、もうここには住んでないんですよね。写真館のあった店舗は娘さんが倉庫みたいに使ってるはずで、他人に貸したわけじゃないんだけど」

「だったら、中の荷物を撮影の間だけ貸し倉庫に預けて貰えばいいわ。もちろん費用は全部こっちで負担します」

佐和子は空のコーヒーカップをカウンターに置いて立ち上がった。

「その写真館、中を見せて貰いたいな。無理かしら」

「中を見るだけなら、娘さんに連絡すれば大丈夫だと思うけど」

「それじゃ、お願いします。三時頃またここに寄ります」

「これからどこに?」

佐和子は笑顔で言った。

「UFOを見に行こうと思って。じゃ、またあとでね、信平くん」

信平と愛美が顔を見合わせている間に、佐和子は優雅に店から出て行った。

六章　ねこまち文化祭

1

「ＵＦＯ、って言ったよね、佐和子さん」

「言ってました」

愛美は、驚いた顔のままで戸口を見つめている信平に言った。

「知ってらしたんですね、例のブログ、のこと」

「そうなんだろうなあ……でもあんなマイナーなページ……」

「ここに来た旅行者の人たちも知っていたじゃないですか。ネットではもう有名になっているんだと思いますよ」

「いったいなんなんだろうね、あれ。そんなに知れ渡っているとしたら気になるなあ。でもあの丘には、もちろん、ＵＦＯなんかなかった」

「わたし……メッセージを出してみます」

「え？」

「あのページは、レンタルで簡単にブログが作れるシステムを利用しているんです。あのシステムは、ブログ主にメッセージを送る機能が付いています。ブログ主がメッセージを一切受け取らない設定にしていたらだめですけど、そうでなければとりあえず、こちらのメッセージは相手に届くんです」

「なんて書くつもり？　ＵＦＯの写真は本物ですか、とか？」

愛美は笑った。

「もちろんそれも知りたいですけど、まあおそらく本物じゃないですよね。でも何より、ああいう画像をトップページに載せている理由が知りたくありません？」

「その言い方は、何か考えてることがあるね？」

信平がニヤニヤした。

「ＵＦＯの謎が解けそう？」

「いえ、ぜんぜんです。でも、あの時に欣三さんを迎えに来ていた軽トラックが、あのページと関係があると思うんです」

「運転していた人がＵＦＯ画像を掲載してるのかな」

「それはわかりませんけど。でも欣三さんと待ち合わせるのにわざわざあそこを指定した、というのがどうしてもひっかかるんです。欣三さんは自分ではもう車を運転しませんよね」

「免許は返納してたはず」

「車でなければ、あそこに行くにはバスに乗って、しかもバス停から歩かなくてはならないんです。よほどの理由がなければ、わざわざあんなところで待ち合わせなんかしないと思うんです」

「でも大丈夫かな……欣三さんの知り合いだとしたら、そんな悪人ではないだろうけど……」

「大丈夫です。もしお会いしてお話が伺(うかが)えるということになったら、必ず信平さんに同行お願いしますから」

「もちろんだ。ぜったい一人で会いに行ったりしたらだめだよ」

「わかってます。あの画像の意味がどんなものだとしても、わたし、ブログ主さんの意図はわたしたちの考えていることと、そう遠くないんじゃないか、そんな気がするんですよね」

「つまり、根古万知を有名にしようとしている、とか?」

「はい。注目を集めてこの町に人を呼び寄せたい、そういう意図があるように思うんです。だとしたら、方法は違っていても望むところは同じですよね? いっそ、わたしたちがしようとしていることにも協力して貰えたらって」

「でもUFOの写真は合成だよ。我々に協力すると言ったって、偽物のUFO写真を提供して貰ったところであまり意味はない」

「アイデアを持っていらっしゃるかもしれません」

「アイデア?」

愛美はうなずいた。

「実際に、あの画像でこの町にUFOを見に来た人はいたんです。それだけインパクトはあったわけです。しかも、何の説明も載せず、他の記事ではUFOの画像なんか無視して普通に日常を綴ったブログになっている。そのあたりの唐突な感じがかえって話題になった。あのブログ主は、インターネットで注目を集めるセンスというか、感覚のようなものを持っている人だという気がします。もしわたしたちの考え方に賛成して貰えるなら、きっといいアイデアを出して貰えると思うんです」

「アイデアか」

信平は腕組みした。

「だけど……だけどさ。そのブログ主の目的が、俺たちの目的とは少しずれていた場合、どうだろう」

「でもＵＦＯの画像でこの町に関心を集めようとしたわけですから」

「それはそうなんだけど。でも、どうして関心を集めたかったか、だよね。それがもし……ネガティヴな理由からだったとしたら、どうする？」

「……ネガティヴな理由？　ブログ主がこの町にいい感情を持っていなくて、何か悪いことを企んでいるってことですか？　でもＵＦＯの画像で注目を集め、観光客が来るようにすることで何か町にとって、害になることってあるかしら」

「町にとって害になることはないかもしれない。でも……例えばその人の目的が、画像に釣られてやって来るＵＦＯマニアなんかを騙すことだったとか、さ」

愛美は驚いて信平を見た。信平は笑って頭を振った。

「ごめん、考え過ぎだよね」

信平は、自分用にコーヒーをドリップして、立ったままですすった。

「とにかく、なんか変な奴だと思ったら深入りせずに相談してくれる？」

「わかりました」

愛美は答えてうなずいた。

＊

「はじめまして。突然のメッセージをおゆるしください。わたしは根古万知在住の者です。根古万知駅前商店街の中にある喫茶店で働いております。

実は先日、お店に来た観光客の女性たちが、ＵＦＯの話をしていました。この根古万知にＵＦＯが見られる丘があるという話でした。わたしには初耳でしたので詳しく訊いてみたところ、こちらのブログのことを教えてくれました。

拝見して驚きました。トップページに見覚えのある丘の景色が載っていたのですが、その上空に確かにＵＦＯのような物体が浮かんでいます。ですがブログの本文のほうには、そのＵＦＯのような物体については何も書かれていませんでした。ブログを拝読いたしましたところ、根古万知かその近くにお住まいで、Ｎ市に通勤されている方の日記のようでしたので、思い切ってメッセージを送っている次第です。

実は、現在わたしと友人たちとで、町おこしのようなことが何かできないかといろいろ考えております。ようやくその最初の試みとして、柴山電鉄のイベント企画、ねこまち紙芝居コンテストが実現しそうになっております。すでに柴山電鉄の公式サイトで紙芝居コンテストについての詳細も発表され、作品を募集している最中です。

この紙芝居コンテストが無事に成功したのちには、もう少し企画の枠を広げ、商店街や町全体で参加できることをしたい、と、みんなでアイデアを出し合っているところです。

今回の紙芝居コンテストは柴山電鉄主催になりますが、この次は、町の実行委員会が中心となった催しにしたいと、実行委員会の立ち上げ準備にかかっています。

あのUFOの画像は、とてもインパクトのある画像で、実際に観光客があの画像に惹かれて根古万知を訪れてくださったわけですから、この町への注目度を高めた点で素晴らしいアイデアであると思っております。

どうしてUFOの画像を説明なしでブログに掲載されようと思われたのか、また、あの丘で撮影されたいきさつなど、よろしければお聞かせいただけたら大変嬉しく思います。

いきなりこのようなお願いをする失礼を、どうかおゆるしください」

本名を末尾に書くことに少し躊躇いはあったが、話を聞かせてくれと言い出しておいて匿名というわけにもいかない。愛美は氏名をきちんと書き添えて、メッセージを送信した。

＊

一日経っても返信は来なかった。もともと返事が来ることはあまり期待していなかった。第一段階としては、こちらの存在と紙芝居コンテストのことをブログ主に知らせられればいい、と考えていた。愛美が期待している通りだとしたら、このブログのブログ主も根古万知が過疎化し、商店街がゴーストタウンになり、シバデンも乗客がいなくなって廃止される、そういう未来を憂えている人なはずである。根古万知に世間の注目を集めたい、そう思っているはずなのだ。

それとも……信平が言っていたように、もっと別の、邪な目的であんな画像を作ったんだろうか。UFOが見たくて集まって来る人たちに対して、何かよからぬことを考えて？

いや、そんなはずはない。それならば、一緒に公開しているブログで自分の日常について綴ったりはしないだろう。毎日のランチタイムに何を食べたとか、通勤電車で何があったとか、バーゲンで何かを買ったとか、本当に他愛のない日常が、素人の文章で綴られているあのブログを注意深く読めば、書いた人がどこの会社に勤めているかなど、わかる人にはわかってしまうはずだ。何かよからぬ魂胆があるのだとしたら、身元が特定される危険をわざわざおかしてまであんなブログを公開しているというのが矛盾している。

　ノンちゃんを膝に抱いたまま、パソコンをたちあげ、アウトラインプロセッサーを開いた。

　　ねこまち文化祭

と打ちこんでみた。根古万知よりはねこまちのほうがいい。猫町とかねこ町とすることも考えたが、猫に関する催しだけがあるわけではないし、町名と猫町をかけるなら、ひらがなにしておくほうがいいだろう。

　文化祭、はどうだろう。他にもっといいネーミングはないかしら。ねこまち祭り？

　わかりやすいけれどあまりに平凡だし、ちょっと誤解されそうだ。御神輿や屋台の雰囲気。やっぱり違う。ねこまちフェスティバル。これだとなんだか役場の催し物っていう感じだけど、無難かな？

コーヒーは素敵。コーヒーがあれば紅茶も欲しい。飲食できるスペースを駅前ロータリーに作れないかしら。

愛美は頭に浮かんだアイデアをタイプしていく。

コーヒー、紅茶、それにねこまち甘夏のジュースを販売する屋台。それ以外の飲み物は駅前に自販機があるから必要ないわね。それにケーキ。

軽食は？　食事も必要じゃないかしら。N市の名物、野菜寿司（やさいずし）くらいなら業者に頼んで販売して貰えそうだけど。あとは……お父さんに半人前くらいの分量でラーメンを作って貰うとか？

食べ物はゴミも出るし容器の問題もあるから、少なめにしたい。出店で揉（も）めないように、商店街の店だけ販売できるようにするしかないだろうな。野菜寿司はスーパーの仕入れで。

紙芝居コンテストで入賞した紙芝居の上演。

シャッターの絵の展示。シャッター絵の人気投票もいいかも。

でもそれだけじゃ、文化祭とは言えない。地元の小学校、中学校に呼びかけて、児童や生徒の作品を出品して貰えないかしら。展示場所は……商店街で使われていない店舗はどうだろう。絵、習字、工作。観光客にはうけないだろうけれど、地元の人たちにとっては嬉しい企画になると思う。自分の親戚の子や知り合いの子の作品を、学校ではなく商店街の展示場で見るのは楽しいはず。ねこまち文化祭は、観光客誘致のためだけのイベントじゃない。むしろ、大切なのは地元の人たちが楽しむことだ。地元の若い人たちにとって、想い出となるものにしたい。

同時に、もちろん観光客にも来て貰いたい。となると……絵画や書のプロに個展をやって貰うのは？　そんなこと可能かしら。使われていない店舗をギャラリーとして開放する。出展料は光熱費分くらいの格安で。

展示物を見てまわるだけじゃ、すぐに飽きられてしまう。やっぱりミニコンサート、ライブ演奏みたいなものはあったほうがいい。でもプロを呼ぶ予算なんかとてもないだろうな。N市の大学や高校に呼びかけて、出たいバンドを募るとか？

まさに文化祭。

愛美はタイプしながらクスクス笑った。

町の文化祭。この町の人たちの。だったら若い人だけが参加するのはおかしい。お年寄りにも出て貰わないと。

商店街で使われていない店舗はいくつぐらいあるだろう。そのうち借りられるのはどのくらい？

そうだ、佐和子さんは映画を撮りたいと言っていた。映画の上映は楽しいかもしれない。公募して、地元の高校生やN市の大学生、そして全国からも上映したいという人がいれば来て貰う。店舗を借りた謝礼分くらいの参加費は貰わないと無理かな。

次々と思いつきをタイプしながら、愛美は、ウキウキとした気分の中に不安も育ちつつあるのを感じていた。

もちろん、この企画が実現するのに伴う困難は承知の上だ。まず商店街の人々の気持ちがひとつになるのかどうか。信平さんが所属している根古万知駅前商店街アーケード店主会に登録している人が、一人の反対もなく文化祭の開催に賛成してくれるとは思えない。さらに、商店を閉めてから十年、十五年と経っている人の中には、すでに店主会を脱退してしまった人も相当いると聞いていた。中には頑な人もいるだろうし、もしかすると店舗や土地が借金の担保になっているとか、権利だけ他の人が持っているとか、そういうややこしいこともあるかもしれない。

シバデン主催の紙芝居コンテストは、シバデンさえその気になれば実現できる。だが商店街主催の、町をあげての催しものとなると……

さらに、愛美の気持ちに影を落とす不安は、その先のこと、だ。

たとえば文化祭が実現したとして。それまでの間は準備で忙しく、誰も先の心配などしている余裕はないだろうし、おそらく興奮してテンションも上がっているだろうから、気持ちはポジティヴになっているだろう。

だが、祭りが終わった時。

祭りが終わった時の虚脱、そのあとにやって来る寂しさ、そしてむなしさ。

ねこまち文化祭の最終的な目標は、この町の人たちにとっての想い出と誇りになることだ。根古万知に充分な雇用を提供できる産業が今後興る可能性はとても低い。この町で生まれた人たちは、就職という問題に直面した時に、ここを出るしかなくなるのだ。役場や地元の商店で働ける人、家業が農業でそれを継ぐ人、それらの地元就職組はほんのひと握り、同級生の多くは都会に出て行くことになる。

そうして外の世界に出て行った人たちが、故郷の名と共に思い出せるもの。思い出して、ああ楽しかったな、故郷はいいな、と思えるよすが。

ねこまち文化祭がそうしたものになるためにぜったいに必要なこと、それは、継続なのだ。

毎年きちんと開催できること。

さらに、祭りの日以外でも商店街が機能していることも重要だ。今のままでは二、三年で、商店街で営業している店はうちの喫茶店以外なくなってしまうだろう。

文化祭の企画をなんとか少しでも、永続的なものにしておきたい。たとえばギャラリー。ギャラリーをいくつか継続できれば、若手の芸術家、画家や陶芸家などの町としてアピールできるかもしれない。自主映画を上映できるスペースも継続できないかしら。芸術と映画のストリートとしてなら、観光客も呼べるんじゃないかしら。

夢中になって考えていたので、チャイムが鳴っているのに気づくのが遅れた。ハッとして我に返ると、何度目かのチャイムが鳴り終える寸前だった。

「はい！」

愛美は慌てて玄関に向かった。

「あの、どちらさまでしょうか」

古いアパートなのでドアに覗き穴はない。ドアチェーンだけは入居した時につけたけれど、鍵は旧式なままだった。

「河井と言います」

答えた声には聞き覚えがない。まだ若い女性の声だった。

「あの……ＵＦＯ……ブログの」

……えっ！

愛美は驚きで慌てながら、チェーンをかけたままでドアを半開きにした。

「あ、えっと……あのブログの……？」

「はい。メッセージありがとうございました」

「あのでも、なんでここが」

「すみません、メッセージでまずお返事するのが礼儀ですよね。突然押し掛けたりして、本当にすみません」

女性は頭を下げる。その後ろに人影はない。

愛美は少し躊躇ってから、チェーンをはずした。

「あの、立ち話ではなんですから」

「よろしいんですか」

「すごく狭（せま）くて、片付いてもいませんけれど」

女性は、河井沙苗（さなえ）と名乗った。

「メッセージをさしあげると、父にわかってしまうものですから」

「お父様？」

愛美はグラスに冷たい烏龍茶をそそいで、沙苗の前に置いた。

「あのブログは、父の名前で登録してあるんです。あそこのシステムで、メッセージが届くと父のメールアドレスに通知が行きます。返信すると送信記録がまた通知されます」

「じゃ、あの画像は」

「父のものです。二年くらい前でしたか、父が突然、画像をインターネットで見られるようにするにはどうしたらいいんだ、と訊いて来たので、画像閲覧サイトにアルバムを作るか、ブログを作ればいい、と教えたんです。そうしたら、面倒なので作ってくれと言われたので、父のＩＤとメールアドレスでブログを作りました。でも父は、画像一枚トップにアップしたきり何もしないので、それならわたしが日記に使おうと思って、そのまま記事を書いているんです。わたしはＮ市に住んでいて、父は根古万知の近くにおります。離れて暮らしていますが、ＩＤとパスワードがあれば更新できるレンタルブログですから」

愛美はやっと納得した。それで、ブログの内容は親近感の持てるものになっていたわけだ。

「父はただ、あの画像をネット上に公開したかっただけのようなんです。でもメッセージは自分も読みたいと言っているので、おそらく、あの画像に反応した誰かからのメッセージを待っているのではないかと。今回あなたからメッセージが届いた時、これがそうなのかもと思ったんですが……わざわざ電話してみたんですけど、父は、そんなのはどうでもいい、ほっとけ、と言うだけでした」

あの画像に反応する誰かからのメッセージを待っている。
なるほど、その可能性があった。

「でも、わたしは興味をおぼえました。あなたのメッセージにあった町おこしの企画のこと、面白そうだなって。それでなんとか、父に知られないであなたに連絡する方法はないかしら、と思って、シバデンのサイトを見たんです。紙芝居コンテストのところにあなたの連絡先があるのではないかと。その時に、ノンちゃんの記事を読みました。それで、ノンちゃんの飼い主になっている島崎愛美さんという方がその、あなたではないかと思って。それで、シバデンに勤めている知人に、ノンちゃんを抱いている女性を知らないか訊いてみたら、その人がここを知っていたんです。先日の、ノンちゃんの一日駅長イベントの時、飼い主さんの名前と連絡先の住所、シバデンの広報が知ってたとかで」
愛美は驚いたが、確かに駅長イベントの時、住所氏名を何かに書いた記憶があった。

「すみません、勝手にご住所を……」

「あ、いえ」

愛美は小さく首を振ったが、内心は柴山電鉄の個人情報管理の甘さに少し腹が立った。

2

「すみません、やっぱり不愉快ですよね。見ず知らずの人間に住所を知られるのって……無神経に押し掛けたりして本当にごめんなさい」

沙苗が頭を下げる。愛美は言った。

「いいえ、わたしがメッセージをさしあげてたんですから、いらしていただいて……」

「その猫がノンちゃんですよね？」

沙苗が言うと、それに答えるようにノンちゃんがにゃんと鳴き、愛美の膝を降りて沙苗の足元に行った。まるで許可を求めるように沙苗を見上げる。

「わあ、いいのかしら。わたしの膝にも乗ってくれるかしら」

「ノンちゃんは人見知りしないいんです」

沙苗が軽く自分の膝を叩く(たた)と、ノンちゃんは身軽に沙苗の膝に飛び乗った。

「それで、ブログのことなんですけれど」

「あ、はい。あのブログはあなたのお父様が書いていらっしゃるのではない、と」

「ブログ主の名義は父です。でも、さっきも言ったように父は、あの画像をネット上に公開することだけが目的でしたから、あとはほったらかしです。それでわたしが代わりに自分のブログとして日記みたいなものを書くことにしたんです。別に自分の生活をネットで公開したかったわけではないんですけど、なんとなく……わたしもブログみたいなものをやってみたいなとは思っていたんですが、自分の名義で開設する勇気がなかなかなくて。父の名義を借りていれば、変なストーカーみたいな人が現れても、登録者の性別が男性になっていたらひいてくれるんじゃないか、って。でもそのせいで、なんか変なブログになっちゃってますよね」

沙苗は笑った。

「性別が男、になっているのに、コンビニのスイーツ食べた感想とか書いてるから」

「今はそういう男性もいっぱいいますから、特に変でもないと思いますけれど」

「でもトップ画像にあのＵＦＯですよ」

沙苗はまた笑って、それから少し顔をしかめた。

「あの画像のことについては、父はわたしに何も教えてくれないんです」

「あれ、本物ではないですよね」

「……たぶん合成画像だと思います。でも父が作ったものではありません。父には、画像ソフトをいじるようなスキルはないと思います。レンタルブログを借りて記事を書くだけでも、何がなんだかさっぱりわからんって怒ってましたから」

「じゃ、誰か他の人が加工した画像なんですね」

「だと思います。でもどうしてあんなものをインターネットに公開したかったのか、その理由は教えてくれないんです。公開してから少しして、ネットのＵＦＯ好きな人たちの間で話題になったようで、一時はコメント欄が毎日埋まっていました。でも父はぜったい返事を書きませんでしたし、そのうちめんどくさいからコメント欄は外せって。わたしもトラブルは嫌でしたから、今はコメントはつけられない仕様にしてあります」

沙苗は小さな溜め息を吐いた。

「……父は悪い人ではないんです。ほんとは優しい人です。ただ、人付き合いが下手というか……偏屈なんですよね。もともと友達も多くはないと思います。なので、父が何を考えてあんなものをブログに貼り付けているのか、父の友達から事情を教えて貰う、みたいなこともできなくて」

「お父様は、欣三さんのことをご存じじゃないかしら」

「欣三さん……？」

「田中欣三さん。根古万知西田に、ご夫婦とお孫さんとで住んでいらっしゃるの。お孫さんは佐智子さん」

沙苗は首を傾げた。

「……欣三さん……ごめんなさい、名前は聞いたことがないと思います。でも父は自分の交遊関係をわたしに話したりはしないから……友達と呼べる人がいるのかどうかわからないんですけど……」

「お父様は炭坑関係のお仕事をされていたことはありませんよね……」

「ないと思います。少なくともここでは。父が生まれた時にはもう、炭坑はなくなっていたはずです」

「そうですよね……欣三さんとは年齢も離れていますよね。でもお父様はここのご出身なんですね？」

「ええ。生まれはこの土地です。でも子供の頃に大阪に引っ越して、それからずっと大阪でした。わたしも大阪で生まれ育ったんですが、大学を出た時に大阪では希望の就職ができなくて、たまたまN市に本社のある会社の内定を貰えたので、N市に住んでいます。母は五年前に病気で亡くなりました。父は定年を繰り上げて早期退職して、ここに戻って来たんです。早期退職したら退職金がかなり割り増しになったとかで、農地を少し借りて、一人で野菜を作っているみたいです。せっかく近くに住むことになったんだから、わたしが引っ越して一緒に暮らそうかって提案しても、一人がいい、いらん世話は焼かなくていい、って言われちゃいました」

「じゃ、お一人で農業を」

「農業、っていうほど大げさなものじゃないと思いますよ。自分が食べる分の野菜を作っている程度じゃないかしら。もともと畑仕事は好きみたいで、大阪で勤めている間も、郊外に借りた農園で野菜を作っていたんです。母が先に死んでしまって、町で暮らす意味もないし、早く田舎に引っ込んで畑を耕して暮らしたかったんでしょうね、わたしに相談もなく退職しちゃって、送別会の翌日にはこっちで家を探してました」

沙苗は困ったような顔で笑った。

「そんな父なので、ほんとに何もわからないんです。ごめんなさい。でもあのＵＦＯの画像がどなたかにご迷惑をかけているのであれば、削除します。それが心配で、押し掛けてしまったんです」

「あの画像がインターネットでちょっと話題になっていることはご存じですよね」

「……ＵＦＯマニアのサイトで一時、騒がれていたみたいですね。でもあれ、見る人が見ればすぐに合成だって判りますから、もう話題にもなっていないと思いますけど」

「でもあの画像を見て、ノンちゃんに会いに来たついでにＵＦＯの丘を見て帰るという観光客がいたんです」

「ＵＦＯの丘？」

「あの画像に映っている丘のことを、その観光客たちはそう呼んでました」

「あの丘は、根古万知東田(ひがしだ)にある丘ですよね。あれって古墳なんだと聞いたことがあるんですけど」

「そういう説もあるみたいですね。戦時中は防空壕(ごう)が作られていたそうで、その防空壕が崩落(ほうらく)の危険があるとかで、入口を塞(ふさ)いでしまったんだそうです」

「じゃ、あの丘の中に空間があるんですね」

「らしいです」

「その観光客の人たちが、皆さんに迷惑をかけてしまったんでしょうか」

「いいえ、そういうことではないんですが」

「あのあたりは人がほとんど住んでいないので、画像を載せても大丈夫だと思っていたんですけど……」

「お父様は、あの丘の近くにお住まいなんですね？」

「いえ、ちょっと離れたとこに住んでますけど」

「お父様がお持ちの車は、軽トラックですか」

「あ、はい。中古で格安のを買ったらしくて、すごくボロい軽トラです。あの、父の車が何か」

「田中欣三さんが、あの丘のところで軽トラックに乗せられてどこかに行くのを見たんです。やっぱりお父様のようですね」

「その欣三さんって人、どうしたんですか？　まさか、父と会ったあとで行方不明とか！」

愛美は笑って首を横に振った。

「いえいえ、違います。ごめんなさい、ちゃんと説明せずに驚かせてしまって。欣三さんは、その子、ノンちゃんを拾った人なんです」

猫が沙苗の膝の上で、甘えた鳴き声をあげた。

「でも欣三さんの奥様が猫アレルギーで、飼えなかったんです。それでわたしが預かることになりました」

「父もこの猫ちゃんと何か関係しているんでしょうか」

「それはわかりませんが、欣三さんとはお知り合いのようなんです。メールにも書きましたが、わたしたちが目指しているのは、根古万知駅前商店街の復活なんです」

「商店街？」

「ご存じですよね、あの駅前の」

「ああ……あの、みんなシャッターが閉まっている……」

「そうです。典型的なシャッター商店街になってしまった、根古万知駅前商店街。炭坑時代にはこの地方随一の繁華街で、花街で、夜な夜な賑わっていた通りです。戦後に炭坑が廃止されてからも、しばらくはたくさんの人たちが集っていた街でした」

　愛美は、思い出しながら言葉にした。

「わたしが幼い頃、もうすでにお店はだいぶ閉まっていたんだと思います。それでもまだ、バブル景気の最後の賑わいは残っていました。わたしたちはあの商店街で毎日買い物をし、遊び、お祭りになると浴衣を着て歩きました。あの通りの想い出を持っている、おそらく最後の世代がわたしたちなんです。今の若い人たちは、物心ついた時すでに閉まったシャッターが並んでいるだけの、暗い商店街しか見ていません。根古万知は他の地方の町同様、過疎に苦しめられています。仕事がないから、若い人たちがこの町で暮らし続けることは難しい。あの商店街のシャッターの閉まった店舗ひとつひとつに、今でもオーナーはいるんです。二階の住居部分で暮らしている人もたくさんいます。彼らは困窮して店を誰かに売ってしまったんじゃないんです。その人たちは高齢になり、年金が貰える年齢になりました。でも子供たちはこの町を離れ、店を継いでくれる人はいません。客は激減して、店を開けていても光熱費で赤字が出ます。閉めてしまって、年金生活をしたほうが楽だから閉めた。でも店を売るほどは困っていない。そうやって、シャッター街ができてしまったんです」

「商店街としての、最終形態、ってことですね」

「はい。正直、あの商店街を、商店街として甦らせることはもうできないと思います。持ち主たちがみんな一斉に店舗を売却したとしても、あの場所で同じように商売することはもう無理です。利益を生み出すだけのお客さんがいません。でも、あのさびれ果てた商店街のままで放置しておくことが、とても悲しいんです。今この町で暮らしている若い人たちに、故郷の想い出となる何かをつくってあげたい。わたしがあの商店街の記憶を想い出として心に持っているように、この町を離れて暮らしても心のよりどころとなる楽しい想い出を、子供たちの胸に残してあげたいんです」

沙苗は、半信半疑のような顔で聞いていた。話している愛美自身、まだ実感は薄い。そんなことが本当にできるのかどうか、自信はまったくなかった。

「それで……父のことがそれとどう繋がるんでしょうか」

「はい……ここからはわたしの勝手な思いこみで、まったく見当違いかもしれないんですが」

「ええ」

「お父様も、わたしたちと似たようなことを考えているのではないかな、と思ったんです」

「……父がですか？　うちの父が？」

沙苗は笑い出した。

「それは……どうしてそんなことを？　父はそんな、前向きなことにかかわる性格じゃないと思いますけど」

「あのＵＦＯの画像です」

「あの画像？」

「実際に、あの画像に惹かれて観光客がこの町にやって来ました。ノンちゃんに会うのがメインでＵＦＯはおまけだったとしても、あの人たちはＵＦＯの丘の話をすごく楽しそうにしていました。なんにもない、観光資源も名物も何もないこの町に、ＵＦＯの丘、という新しい観光地ができた。少なくとも、あの人たちにとっては。わたし、それがお父様の目的だったのではないか、と思ったんです」

沙苗は何度も瞬（まばた）きした。心底驚いているらしい。

「……まさか……うちの父がどうしてそんなことを？」

「その理由が知りたいんです。そして、欣三さんがどうかかわっているのかも、知りたいんです。お父様とお話をさせていただくことはできないでしょうか」

愛美は頭を下げた。

3

「河井？」

ランチタイムが久しぶりに混雑して、ひと息つけたのは午後二時をだいぶまわってからだった。信平は客がいなくなったのを見計らって、愛美のためにコーヒーをいれてくれた。

「河井……なんか、聞き覚えがあるような、ないような……根古万知町の住人ならほとんど把握してるつもりなんだけどなあ。でも確かに河井って名字にはひっかかるものがあるんだ。まったくのよその人、というわけではないと思う」

「娘さんの沙苗さんも、お父さんは地元の出身だとおっしゃってました」

「つまり根古万知で生まれた人なんだろうね」

「沙苗さんは根古万知で暮らしたことはないんだそうです。ずっと大阪だったと」

「つまりその人は、子供の頃か若いうちにここを離れて大阪に出たわけか。で、その人とは会えそうなの？」

「わかりません。沙苗さんがお父様に話してくれることにはなったんですけど、どうも頑固というかちょっと偏屈な人みたいで」

「偏屈、かあ」

　信平が苦笑いして、コーヒーをすすった。

「俺も今日は、偏屈と対決して玉砕したよ」

「午前中に出たアーケード店主会の会議のことですか」

　信平が頭をかいた。

「ちょっと甘かったなあ、俺たち。まさか、あんなに反対されると思わなかった」

「シャッター展覧会の件ですよね。でもあれは、前の会議ではみんな賛成してくれたって」

「商店街としては賛成なんだ。でも問題は、シャッターを使わせて貰いたい人たちが反対してるってことなんだよね」

信平はごそごそとカウンターの中に置いてあったかばんを探り、資料のような紙を取り出した。

「で、町の住人が所有していない、つまり不動産屋所有の五軒に関しては、展覧会、というか、コマーシャル撮りが終わったら原状回復する約束でシャッターが借りられそうなんだ。五軒とは言っても地元のねこまち不動産がそのうち四つを持ってて、電話したらあっさり認めてくれた。残る一軒はN市の不動産屋だけど、これも電話では、原状回復してくれるなら構わない、って言ってくれたんだ。いちおう契約書は交わすことになると思うけど、使用料はどちらも、三万円にして貰った」

「実際に原状回復はできるんですか」

「美術学校のほうに問い合わせたけど、ラッピングを使うらしいよ」

「ラッピングって、あの、バスや電車に使う？」

「うん。けっこう材料費とかかかるんだけど、向こうは学校の新入生集めのCM制作が目的だから、経費は学校がじゃんじゃんかけてくれる。生徒たちが原画をパソコンで制作して、それをラッピング材に印刷して貼り付けるから、剝がせば元通りってわけ。ペイントだと塗り直しが必要だけど、ラッピングなら下のシャッターを洗うだけでいいもんな。それを聞いてさ、残りの空き店舗の持ち主たちも反対はしないだろうと思ったんだ。だって使用料を貰える上に、展覧会が終われば元通りなんだから」

「それなのに反対が出たわけですね」

「賛成してくれたのは全部で十店しかなかった」

信平は溜め息を吐いた。

「反対の最大の理由は、自分たちは静かに暮らしたいから、商店街によそ者が押し掛けて来るのはまっぴらだ、ってことだった。展覧会当日だけならまだ我慢できるけど、ＣＭなんかに使われたら、野次馬が押し掛けて来るに違いない、って」

信平はお手上げのポーズをして見せた。

「俺たちの本当の目的は、その野次馬にあるのに、さ。店主会としては、なんとか人をここに集めたいと思って今度のことを企画した。でも店を閉めて年金生活している人たちは、ここがゴーストタウンのほうが静かでいい、って言ってるわけ。正直、呆れたよ。だってここはあくまで商店街なんだぜ。静かに暮らしたい、人が集まらないところで暮らしたいなら、どうしてよそに家を建てて引っ越さないんだ。……とは思うけど、現実にはね……よそに家を建てて引っ越しができるゆとりのある人は、とっくにそうしてるだろうね。彼らはとにかくここに居座って、いつか商店街ごと再開発の対象になって、どこかの大手デベロッパーが買い上げてくれるのを待っている。ここが商店街として息を吹き返すことは望んでいないんだ」

信平は、一枚の紙を愛美の前に広げた。商店街の略図だった。

「ピンクのマーカーで塗ってあるとこは、賛成してくれたとこと、不動産屋所有の店舗。つまりそこはシャッターに絵が描ける。黒い斜線がひいてあるのは営業してる店舗。残りは反対。もちろん最初から、全部のシャッターに絵が描けるとは思ってない。営業してる店の間を繋ぐ部分と、横一列に何軒分か並んでるような部分だけでいいんだけどね……そう考えると、どうしても承諾を取り付けたい店舗は、その、青い枠で囲ってあるところなんだ。で、青い枠で囲ってあってなおかつピンクに塗れるとこが、まだたった四軒分しかないわけ」

愛美は指で数えた。

「あと、最低でも五軒は承諾を得ないとならないですね」

「うん。でも反対派の人たちは、シャッターを使わせるかどうかじゃなくて、シャッター展覧会の開催そのものに反対してる。説得するのは並大抵のことじゃなさそうだ」

「意見が強硬なんですか」

「ゴリゴリだね。とにかくもう、年金暮らしなんだからそっとしておいてくれ、の一点張り。アーケード店主会はもともと、根古万知駅前商店街の発展のために作られた組織なんだぜ。なのに彼らは、商店街が衰退してこのまま消滅することを望んでるんだ。まさかそうだとは認めないけどね」

信平は本気で怒っていた。その気持ちは愛美にもわかる。おそらく、同じ会に出席していたはずの愛美の父親も、今頃は頭から湯気を出しているだろう。

だが既に年金生活に入り、もう商売をする気はない、かと言って引っ越しするだけの資金もない、という人たちの気持ちも、わからないではない。商店街の店舗がそこそこの値段で売却できるならまだしも、おそらく今売りに出しても、将来の再開発を見越して確保しておこうとしている不動産業者にしか買い手はつかないだろうし、それもほとんど買い叩かれて捨て値になってしまうだろう。その再開発自体、噂だけはあるものの、具体的な話はどこからも出て来ていない。不動産業者が所有している店舗も、近いうちに倉庫として貸し出すらしい。いっそ空家になっている店舗はすべてレンタル倉庫にしてしまえばいい、という案も耳にしたことがある。

シャッター展覧会のＣＭがテレビに流れるようになれば、一時的に野次馬が集まることは間違いない。こちらの狙いはその野次馬さんたちをなんとか確保して、商店街の活性化に繋げたいというものなのだ。が、閉じたシャッターの中で静かに暮らしているリタイア組の人たちにしてみれば、そんな連中が来ないに越したことはない。

信平は手にした青インクのボールペンで、店舗を囲った。

「ここと」

「ここと、ここ、それにここ、ここ。この五軒のうち、愛美ちゃんのお父さんのラーメン店の隣りと、うちの隣り、この二軒のシャッターは絵がなくてもなんとかなると思う。CMには商店街全体も映る可能性はあるけど、営業している店舗はそっちに目がいくから隣りのシャッターが灰色でも、ちらっと映るだけなら気にならない。でもこっちの、この三軒は、なんとしてでも説得しないと。ここは七軒分のシャッターに大きな絵を描いて貰って、CMのメインに使って貰うつもりの場所なんだ。ここに三つも灰色の穴が開いたら台無しだ」

「つまり、何がなんでも説得しないとならないのは、三人、ということですね」

「うん。早速今夜、愛美ちゃんのお父さんたちと集まって対策を練るよ。あとあとのご近所とのトラブルは困るから、あまり強引なことはできない。なんとかして、納得してシャッターを貸して貰えるようにことを運ばないとね」

「その集まり、わたしもお邪魔したらだめかしら」

「それは構わないけど」

「猫嫌いな方って誰かいます?」

「え、あ、そうか。いや……今夜集まる人の中にはいないと思う」

「どこでやるんですか」

「ここのつもりだったけど」

「だったら……ノンちゃん連れて来るのは無理ですね」

「そうだなあ……衛生面を考えると……」

「何人集まるんですか」

「いちおう、五人」

「それなら……わたしの部屋でどうですか。わたしのところ、狭いですけれど、和室が二つありますから。繋げれば六人くらいは楽に座れます。お夕飯、済ませてからでしょうか」

「いや、飯食いながらのつもりだったんだ。寿司でもとるか、って」

「それならわたし、用意します」

「いいの？」

「はい。いずれ父にも部屋に来て貰いたかったですし」

「だったら、慎一くんも呼ぼう。商店街の関係者じゃないけど、ねこまち文化祭のアイデアは君と慎一くんから出たものだし、参加して貰ったほうがいいと思う。七人分の夕飯、用意するの大変だったら無理しなくていいよ。ほんと寿司でもとれば」

「大丈夫です」

愛美は笑った。

「これでもわたし……人妻やってましたから。そのくらいの料理はできます」

「そうか」

信平は優しく微笑んだ。

「じゃ、みんなに電話して会場変更の連絡しよう。ついでに慎一くんにも、俺から電話していいかな」

「よろしくお願いします」

愛美は言った。信平がわざわざ自分にことわってくれたことで、少し頰が赤くなるのを感じた。

仕事を終えてノンちゃんを引き取ってから、一度アパートに戻ってノンちゃんに餌をやり、少しブラッシングして遊んであげた。それから買い物袋を手に商店街に戻った。

たった一軒だけ商店街の中に残った、小さなスーパーマーケット『スーパー澤井』。愛美が幼い頃はまだ、八百屋も肉屋も魚屋もあった。だが愛美が中学を出る頃にはもう、そうした店も消えていた。酒屋を営んでいた『澤井商店』が、隣接する鮮魚店や乾物屋の店舗を買い取り、三軒分の敷地に建てたものが『スーパー澤井』。商店街の他の建物から突出しないよう、二階建てなのは同じだ。ただ、もともと他の店舗の倍以上の広さがあった酒屋部分に二軒分の敷地が追加されたので、ひと通りの食料品を並べることができる広さになった。それでも、国道沿いの巨大スーパーの売り場を見慣れている目が見れば、コンビニに毛が生えた程度の品揃えに正直、戸惑う。

別に、すごいご馳走を作るわけじゃないし。

愛美は、並んでいる品物で作れそうなメニューを頭に思い描く。鶏の唐揚げが作りたいけれど、七人分の揚げ物はちょっと大変。フライパンで作れるもののほうがいいだろう。

鶏の胸肉を平たく叩いて、梅肉と海苔を巻いて、フライパンで焼いて輪切りにすれば、見た目もいいしお箸で手軽に食べられていいかな。鶏胸肉……は、あった。良かった。

どうせなら、御飯も海苔巻きにしてしまおう。話しながらでも食べやすい。御飯を炊いて、中身だけ二種類作れば。

ひとつはキムチを軽く炒めて、マヨネーズと巻いて。キムチも売ってる。マヨネーズもうちにある分では足りないから、買って、と。

ひとつは小松菜のごまあえ。緑の野菜も食べてもらいたい。小松菜と、すりゴマ。

あとは卵焼きでも。卵を一パック。

「愛美ちゃん、あんたんとこで会議することになったって、さっき信平から電話貰ったんだけど」

レジにいた澤井のおじさんが愛美の顔を見て言った。

「いいのかい、若いお嬢さんの部屋にお邪魔なんかしちゃってさ」

「ぜひいらしてください。狭いですけど。一度は父に部屋を見せたかったんで、ちょうど良かったんです」

「夕飯まで用意させるのはさすがに申し訳ないな。これ、その買い物?」

「はい。気にしないでください。いつも一人なんで、誰かに食べて貰うものを作るのが楽しいんです」

「寿司でもとっちゃえばいいんだよ、ワリカンでさ」

「お寿司のほうが良かったですか?」

「いやいや、そりゃ愛美ちゃんの手料理のほうが嬉しいけど、面倒だろう」

「たいしたものは作らないですから。八時半からですよね?」

「うん、店閉めてから行くよ。あんたの父さんと一緒に。そうだ、ビールとか烏龍茶とかは、俺が持って行くから買わないでいいよ。ちゃんと飲んだやつから原価は貰うから」

　澤井晋太は笑った。

「この買い物も、払わないでいいよ」

「そんな」

「いいからいいから。この分もちゃんとレシート持ってって、ワリカンにする。でもありがとうね、うちでわざわざ買ってくれてさ」

「歩いて来られるお店はここだけですから」

「愛美ちゃん、車持ってないの」

「ええ」

「不便だろう、ここで車ないと」

「車を買う余裕はまだないんです」

「仕事、探してんの。信平のとこのバイトじゃ、家賃払ったらいくらも残らないだろう」

「もう少し、今の生活を続けながらいろいろ考えたいんです」

　愛美がそう言うと、晋太は軽くうなずいて、それ以上は何も言わなかった。

　離婚して田舎に戻って来た女。晋太も、愛美の事情はもちろん知っているはずだ。

アパートに戻り、遊び足りないよ、とまとわりついて来るノンちゃんを適当にあしらいながら料理をした。御飯さえ大量に炊いてしまえば、あとはたいした手間でもない。でも愛美の炊飯器では四合までしか炊けなかった。海苔巻きにすると一人一合くらいはぺろっと食べてしまうだろう。炊きあがった御飯を、おひつがないので皿に移し、すぐにあと三合、米をといで炊飯器をセットした。

八時半までは三時間以上あるので、時間の余裕はあった。卵焼き、鶏肉ロール、キムチ巻き。

料理をしていると、遠い昔、とても楽しかった日々のことが思い出された。

キムチを巻いた海苔巻きは、元の夫の好物だった。二人で出かける時のお弁当によく作った。元夫は車を運転しない人だったので、どこに行くにもお弁当を作って電車に乗った。キムチ海苔巻きはビールにもあう。元夫は、電車の中で缶ビールを飲むのが好きだった。

あの人の不実。裏切り。

よくあることじゃないの、とみんなに言われたけれど、それを受け入れることなどできなかった。

なぜなら……謝ってくれなかったから。

ただの浮気じゃないか。そう言われた。どうしてそんなに騒ぐんだ？

どうして、ごめん、と言ってくれなかったのだろう。なぜあの人は、謝れなかったのだろう。

あの時、あの人の心が透けて見えた。あの人は、二人の結婚生活が壊れてしまってもいい、と思っていた。

どうせ子供もいないんだし。

このまま出て行ってくれるなら、それでもいいや。

あの人は、開き直っていた。

結局、あの人の心にもう、わたしはいなかった。

それだけのこと。

それだけの。

ピー、と音がして、二度目の炊飯が終わった。

4

「俺は別に反対だって言ってるんじゃねえのよ」

すっかり酒がまわって顔を赤く染めた竹島陽吉が、割り箸を振りながら言う。

「そりゃ俺だって、昔みたいに商店街に活気が戻ってくれりゃあ嬉しいよ。嬉しいけどなあ……俺ももう来年は還暦や。あと五、六年、なんとかしのげば俺も晴れて楽隠居なんや。今さら文房具の商売に熱を入れる気ぃはないしなあ」

「でもその五年、六年の間、食っていけんのかよ、今の店の売り上げで」

「まあ細々とならなんとかなる。地元の小学校、中学校との契約が切られなけりゃな」

「息子さん夫婦とお孫さん、いつ引っ越し？」

「来月」

「じゃ、陽ちゃん、独りぼっちか。せっかく二世帯住宅建てたのになあ」

国夫が言った。陽吉は面白くなさそうな顔で、箸を舐めた。

「俺一人なら、商店街に戻って店舗の二階で充分暮らせる。あの家は売っぱらって、その金で、明日っからでも楽隠居が始められる。息子にも援助してやれるしな」

「畑はどうするんや。家の脇の畑、あんた丹精しとるやろ」

理髪店経営の加藤壮二が言い、これほんまに美味いな、と鶏肉ロールを褒めた。

「愛美ちゃんは料理上手でええなあ。俺んとこの嫁の作るもんは、とにかく味が濃い。あんなもん食べ続けたら、長生きできん」

「作ってくれるだけええやないか。息子の嫁の悪口なんか言うてたら、そのうち追い出されるで」

陽吉が笑った。

「壮二んとこは、あんな狭いとこで大人三人、よく暮らしてんな」

「国夫のとこだって、昔は親子三人で二階に住んでたやないか。今の日本人は贅沢になり過ぎたんや。昔は六畳二間に台所と風呂まであれば、四、五人家族で充分暮らせた」

「まあそれはそうやけどな」

「ま、うちとこは息子夫婦に子供がおらんからな」

「作らないのか」

「どうだろう。そういうことは何も訊かないのが、息子夫婦と仲良く暮らしていくコツなんや。嫁が死ぬ間際に俺、言われたんや。あんた、とにかく夫婦のことには一切口出ししたらあかんで、て」

「……俊子さんは、ようでけた人やった。壮二にはもったいない嫁さんだったなあ」

「美人だったしなあ」

陽吉が思い出すように目を細める。

「なんで壮二があんな美人と結婚できたんか、根古万知の七不思議だなあ」

商店街の面々は、さっきからこうして想い出話を繰り返している。愛美は会話の中に出て来る、今は亡き懐かしい人々の顔を目の前に思い浮かべた。

自分はこの町で育ったんだ、と、愛美はあらためて思った。この町で大きくなった。この人たちに囲まれて。

なぜか商店街に残っている人たちは、奥さんに先に逝かれてしまった人ばかりだ。愛美の父親もそうである。

おそらく、彼らは独りぼっちになるのが怖いのだろう。だからこの商店街から去らずにいる。奥さんが元気な夫婦ものは、ここを出て、もっと暮らしやすい家に移った。ご主人を先に亡くしてしまった奥さんたちは、子供と同居したり、もっと現代的なマンションに引っ越した。

この商店街に残ったこの人たちは、寂しがりなのだ、みんな。

「ま、なんにしても、せっかく信平が商店街を盛り上げようってアイデア出してくれたんだし、ちゃんと考えてみようや」

国夫が言うと、一同はなんとなくうなずく。

「で、信平、その文化祭とかいうのは、今年やるつもりじゃないんやろ」

澤井晋太の言葉に、コップ酒を持ったまま信平が応じた。

「ねこまち文化祭は、最終目標というか、そういうのを毎年開催できるようになればいいな、って目標です。とりあえず今年は柴山電鉄の紙芝居コンテストに便乗する形で、N市の専門学校生徒さんたちが商店街のシャッターに絵を描いて展覧会をする、ってのができたらいいかな、という話です。その専門学校の生徒募集用のテレビコマーシャルに、制作過程や展覧会の様子をドキュメンタリーとして撮影したものを使う、ってのが条件になりますが」

「ひっかかるのはそこだな」

加藤壮二が言った。

「そのコマーシャルは全国に流れるのか」

「今のところは県内の予定ですが」

「なんかなあ、シャッターに絵を描くなんて、商店街がもう潰れたみたいなイメージにならないか」

「壮ちゃん、実際もう、潰れとるがな」

陽吉が笑ったが、壮二は苦虫(にがむし)を嚙(か)み潰したような顔になった。

「俺のとこはまだちゃんと商売しとる。赤字も出してない」

「そりゃ、誰にも給料払わん、家賃はタダ、赤字になるわけない」

「客が一人も来なかったらそれでも赤字になる。光熱費だとか、シャボン代だとか、タオル洗って干す水道代、店開けてるだけでも経費はかかるんだ。少なくともうちの店は、そのくらいの客は来てる」

「根古万知に床屋はあんたんとこだけだもん。そりゃまあ、俺らみたいな歳(とし)になって、ショッピングセンターの床屋にわざわざ行こうとは思わないしな」

「加藤さん、加藤さんとこがちゃんと商売になっているのはわかっているんです。それを言うなら、うちもまあ、なんとかかんとか赤字は免(まぬか)れてます。でも、加藤さんとこにしてもうちにしても、地元のごくわずかなお得意さんが支えてくれているからなわけですよ。ランチタイムに農協の人たちが来てくれなくなれば、うちは来月にも潰れます」

「農協の連中が来なくなるなんてことはなかろう」

「はい、他によほど安くて旨(うま)い定食屋でもできない限りは、来てくれるでしょうね」

「だったらしばらく、商売にはなるだろう」

「農協は再来年に移転します」

信平は言って、溜め息を吐いた。

「ほんとか？　そんな話、俺は知らないぞ。陽ちゃんあんた、知ってたか」

「ちらっと噂は聞いたけどな。決定なんか、信平さん」

「たぶん、決定だと思います。そうなるとうちが打撃を受けるだろうからって、わざわざ橋本さんが教えてくれたんです」

「橋本って、課長さんか」

「もう秘密というわけではないようです。今年中には移転先の土地の購入契約をして、来年早々には建築工事が始まるようです」

「そうか」

国夫も大きく息を吐いた。

「遂にその時が来たかぁ。あの建物はかなり古かったし、手狭なのはわかってたもんなあ。そもそも駐車場が狭い」

「てことは、あそこは空地になるんか？」

「売却のめどは立ってないと橋本さんは言ってました」

「再開発や」

　晋太が言った。

「いよいよ再開発で、商店街も買い叩かれるんや。文化祭とか言うてる場合やないで」

「いや、だからこそ、祭りが必要なんや」

　陽吉が言った。

「このままどっかの企業に全部買い叩かれて、商店街が消えてしまう前に、祭りをやっとかなあかん」

「なんでや。祭りなんかやっても潰されるもんは潰されるで」

「この町の子供たちの記憶に、根古万知駅前商店街を残してやらなあかんのや。ここは炭坑町と共に栄えた。炭坑で生きる人たちが、買い物をしたり女の子と酒を飲んだり、そうやって生きる楽しみを味わった町や。それは歴史なんや。故郷の歴史。このままここが消えてしまったら、今この町にいる子供たちは、そうした歴史を思い出す術(すべ)を失う。自分の故郷に歴史がないゆうことは、寂しいことや。どのみち、子供らはみんなここを離れる。仕事がないんやから仕方ない。けど、N市に行っても大阪に出ても、東京で暮らしたとしても、故郷の町の祭りのことは思い出せる」

「祭りならあるやないか、夏に」

「盆踊りだけやろ。俺らジジイとばあさんばっかで、子供らの姿なんか見当たらない」

「屋台が少ないからやなあ。屋台をもっと呼べば」

「誰が来るんや、売り上げもあがらんのに」


「とにかく」

信平が掌（てのひら）をパン、と打ち付けた。

「シバデンの紙芝居コンテストに合わせてシャッター展覧会をしたらどうか、って提案については、昼の集まりでも報告しましたように、借りられるシャッターの問題があるんです。ただ、その点をクリアできたら、僕らにとってやって損（そん）なことは何もないと思うんですよ。確かに加藤さんが言われたように、商店街の店が全部赤字で潰れかかってるわけじゃないし、店をやめてる人たちだって、お金に困ってやめた人は多くない。みんな、後継者がいなくて、自分たちは年金生活に入った、だから商売をやめて引退した、そういうことなんですよね。でもシャッター商店街のイメージは、一般的にもっと暗くて憂鬱（ゆううつ）なものです。ＣＭなんかに使われたら、そのイメージが固定化されてしまう。ちゃんと商売してるもんにとっては、マイナスイメージの固定化は困る」

「その通り。信平くん、あんたわかってるんなら」

「すみません、加藤さん、わかっているんですけどね、それでも僕は、シャッター展覧会をやってみたいんです。理由は、陽吉さんが言った通りです。この町で生まれて育つ子供たちに、故郷の想い出を作ってあげたいんですよ。いつかどうしてもここを離れて生きるしかなくなっても、故郷の想い出を持っている人間は強く生きられる。俺はそう思うんです。自分のルーツ、根っこのところをしっかり頭に刻みつけている人は強いんです。どんなことがあっても、帰る場所があると思えば、人は耐えられる」

「しかしシャッター展覧会なんてものは、一回きりのことだろう」

「だから、さっきも言ったように毎年何かしらそうした催しができるように、ねこまち文化祭を提案したいんです」

「毎年って、じゃあ、毎年どっかの専門学校に声かけるってことかい？」

「いや、俺が考えているのは、そのまんま文化祭的なものなんですよ。地元の幼稚園や保育園、小学校、中学校が学校単位やグループ単位で出品、出演できて、高校生以上は有志グループ、あるいは商店とか会社単位でも参加できる。地区単位もありです。ほら、阿波おどりってあるじゃないですか、あれ、連、と呼ばれる塊りごとに参加してるんですよね、地域とかグループで」

「みんなで踊るんか」

「壮ちゃん、文化祭やで、文化祭」

「文化祭ってなんよ」

「子供らの学校でやるやつや。学園祭とか、学校祭とか」

「うちは孫がおらんから、最近の学校のことはよう知らん」

「昔からあったよ。学芸会、もそういうもんやろ」

「そうです、学芸会的なものを、祭りの規模でやりたいんですよ。廃業して使われていない店舗スペースを毎年一回、ギャラリーのように借りて、子供たちの絵を飾る。大人なら写真展、個展、なんでもいい。それから駅前広場にステージを作って、中学、高校生たちはバンドの演奏をしてもいい、演劇を披露してもいい。紙芝居もシャッターの絵も、好評なら続けてそこに合わせる。地元の子供から招待するプロまで、いろんな文化的創作をこの商店街に集めるんです」

「そりゃまた、大掛かりだな」

「でも費用はそんなにかかりません。店舗を借りることさえできたら、あとはステージの設置やら絵の展示やらに人手が必要なだけです」

「その人手はどうする？」

「地元の人たち、中学生くらいまで含めて、ボランティアを募（つの）ります」

「ボランティアってタダ働きかい。誰も引き受けんやろ」

「そんなことないと思います」

食後の林檎を小皿で配りながら、愛美が言った。

「地元のケーブルテレビ局にかけあって、計画の説明とボランティア募集をすればどうでしょう」

「ポスターを作って貼ったり、説明会を開いて直接協力してくださいとお願いしたり、方法はいくらでもありますよ。でもまず最初に、今回の紙芝居コンテストとシャッター展覧会を成功させることが大事なんです。それができたら、ボランティアをやりたいという人はきっとたくさん出て来る」

「だけどな、信平」

それまであまり発言しなかった晋太が、わざわざ手を挙げて口を開いた。

「子供らの想い出作りはいいとして、それでわしら商店街でまだ商売続けてるもんに、何か利益はあるんか?」

晋太は、ちらっと愛美を見た。

「夕方、愛美ちゃんがわざわざうちに買いに来てくれて、こんな美味いもん作ってくれた。愛美ちゃんは車を持ってないから、歩いて買いに来られるうちの店に来たと言ってたね」

「はい」

「うちの店で今でも買い物してくれてる人たちは、みんな愛美ちゃんと似たり寄ったり、なんか事情がある人だけだ。車があるもんはみーんな、ショッピングセンターに行く。その文化祭とやらをやって、手伝ってくれるもんがたくさんいて、成功したとしても、だ。手伝ってくれたもんも参加したもんも、ほとんどの人間が車で買い物に行けるんだ。祭りが終わったあとで、商店街に戻って来ることはない。正直言うが、小売りだけならうちはとっくに潰れてる。赤字なんてもんじゃない、それこそ光熱費も出ん。弁当の仕出しを仲介したり、役場や農協に飲み物やらなんやら配達させて貰ったり、細かい商売をこつこつやって、なんとかかんとか赤字を免れてる状態で、それだって来月はどうなるか、毎月ヒヤヒヤだ。年金もらえる歳まで頑張ったら、さっさと引退して楽がしたいと思ってる。子供らの想い出作り、ってだけのことなら、そんなめんどくさいこと、したいとは思わん」

「澤井さん」

「信平、俺はな、子供らのことより、年寄りのことが気掛かりなんだ。どうせ儲かりもしないことに汗流すんなら、年寄りのことを考えてやりたい。さっきも言ったろ、うちの店で毎日買い物してくれる人たちは、みーんな車を持ってない。一人暮らしで、膝やら腰やら痛めて運転できなくなって車手放したり、自分は免許持ってなくて旦那が生きてる間は運転して貰ってたのに先立たれたり、頼りにしてた息子夫婦がN市にマンション買って出て行ったり。俺が店を続けてるのは、店を閉めてしまったらその人たちが困るだろう、そう思うからなんだ。祭りが終わったら見向きもしてくれない若い連中のために、利益も出ないことを手伝えと言われたら、嫌だ、と言うしかないよ」

「祭りが終わっても商店街に来て貰えるように、しましょう」

慎一が言った。少し遅れてやって来た慎一は、それまで食べることに専念していたようで、部屋にいる誰も慎一がそこにいることを意識していなかった。

「あんたは……慎一くんか？　カメラマンの」

「はい。ご無沙汰でした、澤井さん」

「あんた、外国にいたんじゃなかったんか」

「行ったり来たりです。でもしばらくは日本にいる予定です」

「仕事は？　こんな田舎でカメラマンの仕事があるんかい」

「さすがに、こっちではあまりないです」

慎一は頭をかいた。

「でも、ちょっと前に海外の大きなプロジェクトが終わって、まあたいしたことないけど少し貯金もできたんで、故郷に戻って暮らしてみたくなったんですよ。幸い、役場のほうで広報誌の仕事もらえたんで、まあ自分の小遣いくらいは稼げてますし、実家暮らしは家賃がいらないですから」

「優雅なもんだなあ」

「優雅ってより、やむを得ず、って感じなんです。まあいろいろありまして。えっと、で、今の話なんですけど。もちろん若い人たちに故郷の想い出を作ってあげたい、それは僕も、ねこまち文化祭のいちばんの目的だと思ってます。でも僕は、その想い出の基盤がこの商店街であって、若い人たちがもしここに戻って来る日が来たら、いつでも商店街がここで出迎えてあげられることが、すごく重要だと思うんです」

「いつでも、って……あんたわかってるかい？　ここで商売してるもんは、もうみんな年寄りだよ。跡継ぎもいないよ」

「はい、わかっているつもりです。このままではこの商店街は、あと数年で終わります。そのあとどうなるのか、再開発のために取り壊されるのか、それとも他のものになるのか。でも、商店街を終わりにしない方法は、本当にもうないんでしょうか。ここはもう復活できない商店街なんでしょうか。僕は、方法はあると思っているんです」

慎一の言葉に、一同は目を見開いた。

5

「この商店街が、俺らの引退後も存続する方法、そんなもんがあるって言うのか、慎一くん」

澤井晋太が言った。まるで怒っているかのような口調だったが、愛美は晋太が怒っているのではなく、真剣なのだ、と感じた。

「ひとつだけ、あります」

「言ってみろ、慎一」

陽吉も言う。声が硬い。その場にいる一同が、慎一の顔を凝視している。

慎一は落ち着いていた。愛美が用意した茶を少し啜ってから話し始めた。

「商店街を存続させる唯一の方法は、商売する人を増やすことです」

「そんなのわかってるよ。けど俺たちはもう年寄りなんだ」

陽吉の言葉に慎一はうなずいた。が、同時に微笑んだ。

「ですから、後継者を見つけるしかないんですよ」

「後継者？」

「ねこまち駅前商店街、ここはあえて、地名の根古万知は捨てて、ひらがなで、ね・こ・ま・ちと書く必要があると思いますが、商店街で商売をしてもいい、という人たちを集めるんです」

「集めるって、ここには若いもんが」

「来て貰うんですよ。ほら、過疎に苦しむ農村が、空家になっている農家と畑を貸し出して、都会から移住する人たちを募っている、という話は知ってるでしょう。あれを商店街がやるんです。空家になっている商店街を、貸し出すんです。住居付きでもいい、店舗だけでもいい。田舎暮らしはしてみたいけど、農業は無理だと思っている人たち、資金があまりないけれど商売をやってみたいと思っている人たちに、ここに来て暮らして、お店を開いて貰うんです。それこそ車で三十分以内のところに、空家になったままの田舎家ならいくらでもあります。そういう家と店舗をセットで貸し出してもいい。それならお子さん二人、三人といる家族でも暮らせますからね」

一同から、失笑に近い笑いが漏れた。

「慎一、あんたわかってるか。商売ってのはな、買ってくれる客がいないと何も始まらない。うちの商店街が衰退したのは、客がいなくなったからなんだぞ。いくら店を持ちたい都会の人たちに来て貰うようにしたところで、客がいなければそんな商売、三日で潰れるぞ」

「はい。ですから、お客も来て貰うんです。この町に」

「どうやって……あ」

陽吉が言葉を切った。そのまたっぷり二秒は考える。誰も口を挟まない。みんな慎一の言葉を心の中で理解しようとしているのだ。

「つまり、文化祭で町の宣伝をして……」

「はい、その通りです。まず文化祭で町に観光客を呼ぶ。それに合わせて少しずつ、店舗を改装し、最初は期間限定で商売をやってみたい人に貸し出す。最初は、文化祭が開かれる間だけの、お店屋さんごっこでいいと思うんです。そういうパフォーマンス、祭りの行事のひとつとして店を開きます。なので借り手は学生さんとか、主婦のグループとか、そういう人たちになるでしょう。出店料は貰いますが、こちらは利益を考えなくていいんで、極力安くします。そうすれば、素人のお店屋さんごっこでもいくらかは利益が出るでしょう。祭りの最中で観光客はたくさん来ているはずなんで」

「まさに、文化祭の模擬店だね」

「そうです、信平さん。文化祭って、コンサートや展示なんかの催しものも楽しみですが、やっぱり楽しみなのは屋台、売店ですよね。でも屋台で食品を売ることは、素人さんにやらせるわけにいかないです。衛生面の問題もあるし、法的な問題もややこしい。店舗を貸し出して食品以外のものを売って貰うだけなら、そういったハードルは低くなります」

「しかし、そんなお店屋さんごっこじゃ、商店街の存続にはならないぞ」

「はい、その通りです、陽吉さん。それが最初の一歩です。そこから、文化祭のある町、ということで根古万知、ねこまちを観光地としてアピールして行きます。ついでに、猫の町、というのも復活させましょう。猫をアレンジしたシンボルマークを作り、商店街の各店舗にそれを付けます。宮澤賢治の『銀河鉄道の夜』のように、ファンタスティックな名前を各店舗に付けてもいい。あるいは店ごとにいろんな猫の顔をつけるのも楽しいと思います。大切なことは、文化祭をできるだけ全国的に認知して貰い、文化祭が開かれていない時でも観光できる目玉を用意することです。そのため、一年を通して展示や催しものを行う場所を作ります」

「一年を通して、って例えば？」

「そうですね、例えば、自主制作映画の上映スペースを設けて、一年中、全国から集まった自主制作映画を上映する。画廊を作り、N市や地元近郊で活動している陶芸家、画家の作品展を途切れなく行う。その一方、猫に関する情報を世界中から集め、それらを展示、発信する基地も作る。とにかく、文化祭がない時でもねこまち駅前商店街に来れば、二、三時間は充分に楽しんで帰れるようにするんです。観光客がある程度増えて来れば、本気で商売をしたいという人を募集できます。少しずつ、一人ずつでいい、この町に定住して商売をしようという人を増やしていくんです」

「飯が食えるとこを増やす必要があるな。観光客は飲み食いできる店がないと寄りつかない」

「その通りですね、国夫さん。今は商店街の中で飲食できる店は二軒しかない。これでは観光客は不満を抱きます。しかしまずは、その二軒を人気店に変えましょう。国夫さんのラーメンにねこまち色を出して貰い、信平さんの喫茶店も、例えば店の前にオープンカフェスペースを作って、もっと客が入れるようにしましょう。その上でなんとか、地元の飲食店に協力して貰って、商店街の中にフードコートのようなものを作れないか、と思っています」

「フードコート、ってあの、国道沿いのショッピングセンターにあるやつか。うどん屋とかハンバーガーなんかの店の真ん中にテーブルがあって、買ったものが食える」

晋太が腕組みしたまま言う。

「……握り飯とか、稲荷寿司みたいなもんならできないことはないがなあ」

「郷土料理のお弁当なんかも面白いと思いますよ。幸い、国夫さんの店と信平さんの店は距離が近いですから、その中間あたりをフードコートにすれば、どちらの店で買ったものもそこで食べられます。あと晋太さんのところで弁当や握り飯を売り出して貰って、それにできれば、日本人が好きなそばかうどんの店があれば、充分フードコートとして機能します」

「しかし、商店街の真ん中にフードコートなんか作ったら車が入れなくなる」

「車両は全面通行止め、一年中歩行者天国にして貰うことになると思います。思い出してください、今あの商店街を通過する車はほとんど、農協に用事のある車です。商店街の出口のとこに農協の駐車場があるから。でも農協は移転するんです。そうなったら、わざわざ商店街を車で突っ切る必要のある人なんか、いなくなります。ちょっと回り道にはなるけど、あっち側に行きたければ広い町道が別にあるんですから。回り道って言っても車ならその差は五分程度、商店街を車両通行止めにしても誰も困らない」

「まあ、そりゃそうだが……」

「みんな、とにかく慎一の意見は今の段階ではアイデアだ。細かいところは少しずつ、改善して行けばいいんですよ。慎一が言いたいことは、こういうことです。まず文化祭によって根古万知を全国にアピールし、観光客を呼ぶ。最初は文化祭の間だけ観光客が来ればそれでいい、ただ来てくれた人たちが、楽しかった、面白かった、と帰ってからみんなに言ってくれるようにする。それと同時に、通年で商店街を活用することも考える。画廊でもミニ映画館でも、なんでもいい。そうやって数年かけて観光客を増やして行ってから、空き店舗で本格的に商売をやりたい人を募集して、移住して貰う。そういうことだよな？」

「その通りです。商店街を存続させる唯一の方法は、新しくあそこで商売をしようという人を集めることだけです」

「そんな簡単に言うが、移住なんかしてくれるやろか……こんな田舎町に」

晋太が言った。

「だいたい田舎で暮らしたいいう都会の人間は、農業をやりたがるもんやろ。農業がしたくて田舎に来るんやろ。……商売がしたいなら都会のほうがいいに決まってる。なんでわざわざこんなとこまで来て、商売したいと思う？」

「田舎に移住したいと思っている人の多くは、確かに、農業に興味があるというのは間違いないと思います」

慎一が、湯呑み茶碗に焼酎を注ぎながら言った。気づいてみれば一同、食事を終えてそれぞれに酒へと手をのばしている。愛美は、差し入れで持ちこまれた乾きものの袋を開け、皿に盛った。

ぐい、と焼酎を飲んでから、慎一が続ける。

「けど、農業に興味がなくても田舎暮らしをしたいと思ってる人たちは、ぜったいいるはずなんです。例えばお子さんがアトピー体質だったりからだが弱かったりして、できるだけ空気のいいとこで暮らしたいと思ってる人。都会での生活に疲れて、人が多すぎることにうんざりしている人。もともと地方の出身で、でも事情があって故郷には戻れない、あるいは、戻ってももう実家がない。けれど都会の暮らしが性に合わない、そんな人たち。でも農業はしたくない。今の日本で、過疎が問題になっている土地の共通点は一つです。仕事がない。農業以外の選択肢がない。だから、農業はやりたくないと思っている人たちは、年金生活に入るまで田舎暮らしはできない。それがこの根古万知ならば可能だとしたら、興味を持ってくれる人はぜったいにいます。何も、数千人規模で移住して貰う必要はないんです、商店街がなんとか存続する、店舗にして……十五店舗。十五家族に来て貰えればそれで、この商店街はやっていけます。幸い、車で三十分も走れば見渡す限り田畑と山と川。自然は有り余るほどあります。広い農家で使われていないものもかなりある。そうした家で暮らして、都会にいた時のように商店街まで出勤して貰う、そういう生活ならやってみたい、という人たちは、ぜったいいます」

「なるほどな」

陽吉も茶碗に持参の日本酒を注いでいた。

「しかしせっかく来て貰っても、商売が赤字で借金背負わせるようなことになったら、責任問題だぞ。募集をかける前に、商店街でも商売が成り立つようにしとかないといかん」

「もちろんです」

信平はウイスキーのボトルを持って来ていた。愛美は慌てて冷凍庫から氷を出そうとしたが、信平は笑って、ストレートでやるからいいよ、と言った。

「だからとにかく、まずはシャッター展覧会と紙芝居コンテスト、なんですよ。この二つを成功させることが初めの一歩です。そのためには、シャッターを貸してくれることをなんとしてでも了承して貰わないと」

「何か秘策はあるんか」

「秘策なんてそんなものありません。とにかくしつこく説得するだけです」

「なんでそんなに、商店街にこだわる？」

「この商店街は、町の核、なんです。中心でないといけない。炭坑町の花街として栄えていた時代からずっとそうだった。中心を失えば、町は形を失います。ここを離れて都会で暮らす人たちにとっての、故郷、が形を失うんです。俺はね、最後まであがきたい」

「最後まで？」

信平はうなずく。

「……俺だってわかってますよ。移住して来てくれる人たちがいたとしても、それですべて解決するわけじゃない。新しい産業を持たない限り、この町はいつか終わります。商店街を観光地にしてしまうのは、もう最終手段なんです。他に観光できるものがないから自分たちで作ってしまう。そうまでしないと、観光、という産業は成り立たない。いやそれだけやったって、この町には宿泊施設がない。N市からシバデンで来て貰うしかない。宿泊や夜の飲食でお金を落として貰えないとしたら、観光地として成功したところで落ちるお金はたかがしれてます。産業、と呼べる規模にはとてもならない。なんだかんだ考えても、将棋で言えば……もう詰んでいるのかもしれない」

「それでも、やるのか」

「それだからこそ、やるんです。このままなんとなく人が減り続け、なんとなくあちこちが再開発だの宅地整備だのされて、なんとなくどこにでもある郊外のベッドタウンになって、シバデンも廃線になって。そういう終わりが見えている今だからこそ、悪あがきできるんです。失敗したって失うもんなんかない。これ以上悪くはならない。これでだめなら潔く、無個性なベッドタウンへと進むだけです。あるいは再開発からも取り残されて、このまま古ぼけていくだけかもしれませんが、それもまたいい。悪あがきした結果として迎える結末ならば、みんな納得して受け入れるでしょう。俺もまた、納得して店を閉めます」

「つまり信平は、後悔したくない、ってことやな」

「はい。後悔したくない、まさにそうです」

信平は笑った。

「ところで」

不意に壮二が愛美に向かって言った。

「愛美ちゃん、欣三さんが妙な男と会ってる、って話、あんたも見たんだって？」

「加藤のおじさん、その話どこで」

「いや、うちに散髪に来た誰かがしてたんだが……ええっと、誰だっけな。欣三さんが石室丘のあたりで見知らぬ男と一緒だったたって」

「石室丘……あの、ベンチがある丘ですか」

「うん、昔はあそこ、石室丘って呼んでたんだよ。大昔はあの丘の下に穴があいてて、中に石室があったらしい」

「てことは、あれ、やっぱり古墳なんですね」

信平が訊いた。一同のうち何人かが同時にうなずいた。

「このあたりはけっこう、古墳があるんだ。まあ大して重要なもんやないし、ほとんどが盗掘されて中は空っぽだから、そのままほったらかされてるけどな。あの石室丘だけは、明治の頃まで石室が残っていたらしい」

「いや戦時中に防空壕として使ってたぞ。俺の親父が中に入ったことあると言うてた」

壮二は言った。

「いずれにしても、もう埋められてるけどな。戦時中の防空壕は崩れやすいんで、子供が生き埋めになるといかんから、戦後にみんな埋めたからなあ。で、愛美ちゃんとあんたも欣三さんが知らない奴といるの、見たんだろ」

「ええ」

「そのことなんですけど」

愛美が言った。

「その男性、誰なのかわかりそうなんです。おそらく、河井さん、という方だと思います。この町の出身だそうですが、子供の頃に大阪に行ったので、こちらに知り合いはもういないと」

「河井！」

突然、晋太が立ち上がった。

「まさか、河井雄三か！」

「あ、……下の名前は知りません。沙苗さんというお嬢さんがいらっしゃいます。お嬢さんはN市に住んでいらっしゃって」

「河井雄三が戻ってるのか！」

今度は壮二が言った。

「いったいいつから……」

「何しに戻ったんや」

晋太は立ったまま、なぜか顔を赤くしている。

愛美は父を見た。国夫は、手にしたコップ酒を睨みつけている。

「お父さん……河井雄三さんって……だれ？」

愛美は訊いた。

だが、誰も答えてくれなかった。

（下巻へ続く）

（この作品は平成二十九年十一月、小社より四六判で刊行された
『ねこ町駅前商店街日々便り』を改題し、加筆・訂正したものです）

ねこまち日々便り（上）ねこが来た編

一〇〇字書評

切り取り線

購買動機（新聞、雑誌名を記入するか、あるいは○をつけてください）	
□（　　　　　　　　　　　　）	の広告を見て
□（　　　　　　　　　　　　）	の書評を見て
□ 知人のすすめで	□ タイトルに惹かれて
□ カバーが良かったから	□ 内容が面白そうだから
□ 好きな作家だから	□ 好きな分野の本だから

・最近、最も感銘を受けた作品名をお書き下さい

・あなたのお好きな作家名をお書き下さい

・その他、ご要望がありましたらお書き下さい

住所	〒				
氏名		職業		年齢	
Eメール	※携帯には配信できません		新刊情報等のメール配信を 希望する・しない		

この本の感想を、編集部までお寄せいただけたらありがたく存じます。今後の企画の参考にさせていただきます。Eメールでも結構です。

いただいた「一〇〇字書評」は、新聞・雑誌等に紹介させていただくことがあります。その場合はお礼として特製図書カードを差し上げます。

前ページの原稿用紙に書評をお書きの上、切り取り、左記までお送り下さい。宛先の住所は不要です。

なお、ご記入いただいたお名前、ご住所等は、書評紹介の事前了解、謝礼のお届けのためだけに利用し、そのほかの目的のために利用することはありません。

〒一〇一―八七〇一
祥伝社文庫編集長　清水寿明
電話　〇三（三二六五）二〇八〇

祥伝社ホームページの「ブックレビュー」からも、書き込めます。
www.shodensha.co.jp/bookreview

祥伝社文庫

ねこまち日々(ひび)便(だよ)り（上）ねこが来(き)た編(へん)

令和 5 年 5 月 20 日　初版第 1 刷発行

著　者　柴田(しばた)よしき
発行者　辻　浩明
発行所　祥伝社(しょうでんしゃ)
東京都千代田区神田神保町 3-3
〒101-8701
電話　03（3265）2081（販売部）
電話　03（3265）2080（編集部）
電話　03（3265）3622（業務部）
www.shodensha.co.jp
印刷所　堀内印刷
製本所　ナショナル製本
カバーフォーマットデザイン　芥 陽子

Printed in Japan ©2023, Yoshiki Shibata　ISBN978-4-396-34883-0 C0193

〈祥伝社文庫　今月の新刊〉

柴田よしき
ねこまち日々便り（上）
ねこが来た編

離婚を機に故郷の「ねこまち」に戻った愛美。拾い猫を使った町の再活性化を思いつき……。

柴田よしき
ねこまち日々便り（下）
ひとも来た編

商店街の後継者問題に愛美は意外な案を発表する。まだやれる！を信じる人々の奇跡の物語。

笹本稜平
希望の峰　マカルー西壁

挑むは八千メートルのヒマラヤ最難関の氷壁！余命僅かな師とともに神の領域に立てるか？

富樫倫太郎
警視庁ゼロ係　小早川冬彦Ⅱ
スカイフライヤーズ

加害者の母親から沖縄ストーカー殺人の再捜査依頼が。冬彦は被疑者の冤罪を晴らせるか？

馳月基矢
儚き君と　蛇杖院かけだし診療録

見習い医師瑞之助の葛藤と死地へと向かう患者の決断とは!?　感動を呼ぶ時代医療小説！

風戸野小路
ロストジェネレーション
不動産営業マン・小山内行雄の場合

同僚の死、過大なノルマ、重大不祥事――。一人の営業マンが組織を変えるため奔走する！